Rieskascha mit Kompott

EDITH JÜRGENS

Rieskascha mit Kompott

Eine mennonitische Kindheit an der Molotschna

Bibliografische Information der Deutschen Nationalbibliothek:
Die Deutsche Nationalbibliothek verzeichnet diese Publikation in
der Deutschen Nationalbibliografie; detaillierte bibliografische Daten
sind im Internet über dnb.d-nb.de abrufbar.

TWENTYSIX – der Self-Publishing-Verlag
Eine Kooperation zwischen der Verlagsgruppe Random House und
BoD – Books on Demand, Norderstedt

Ähnlichkeiten mit lebenden Personen sind rein zufällig.

© 2020 Edith Jürgens
Coverfoto: by Dedu Adrian on Unsplash
Coverdesign, Satz, Herstellung und Verlag:
BoD – Books on Demand, Norderstedt

ISBN: 978-3-7407-6427-2

Inhalt

Prolog   7

Molotschna   9

Dunkle Wolken ziehen auf   39

Die Ausreise   98

Wetzlar   119

Geschichtlicher Hintergrund   141

Quellennachweis   146

Prolog

Sonntagnachmittag. Bibelstunde in der Sonntagsstube. Vater las Bibeltexte vor. Mucksmäuschenstill hörten meine Schwestern und ich zu. Mutter und Großmutter stickten an einer Decke. Unser kleiner Bruder Samuel spielte plappernd auf dem Teppich.

Alles schien friedlich, bis wir die Hoftür poltern hörten. Der Knecht Fjodor stürmte herein und brüllte angsterfüllt: »Sie kommen! Sie kommen!«

Die Erwachsenen sprangen auf. Ein Stuhl kippte krachend um.

Mutter schrie: »Schnell, schnell, nach oben und versteckt euch unter den Betten!«

Unsere große Schwester Katharina fasste Margarete und mich mit angstverzerrtem Gesicht an den Händen und zog uns hastig die Treppe hinauf. Panisch rutschten wir unter die Betten, drängten uns mit dem Rücken dicht an die Wand. Mutter und Großmutter flüchteten mit Samuel ins Schlafzimmer. Vater und Großvater liefen auf den Hof und sahen den Reitern entgegen.

Schwarz-graues Getümmel am Horizont. Wie ein apokalyptisches Heer wälzten sie in einer Wolke aus Staub und Erde heran. Ein Höllentor schien sich zu öffnen. Preschende Hufe hielten wie ein tosender Sturm auf das Dorf zu. Die ersten Gestalten brachen, tief über die Hälse ihrer Pferde gebeugt, aus der Masse.

Nestor Machno und sein gefährliches Heer. Ihr mörderischer Ruf eilte ihnen meilenweit voraus.

Da unser Gehöft nahe der Steppe stand, sprengten die barbarischen Reiter zuallererst in unser Hoftor hinein. Die Machnowzen sprangen von den Pferden und stürmten mit gezogenen Gewehren auf Vater zu. Sie schlugen auf ihn ein und drängten ihn zur Seite. Wir hörten die schweren Stiefel auf den Treppenstufen und wagten vor Angst kaum zu atmen.

Türen knallten, Glas splitterte, Möbelstücke krachten zu Boden. Halb benommen folgte ich dem Stimmengewirr. Mordgierige Gesichter beugten sich herab. Schmierige Hände zerrten uns an den Haaren unter den Betten hervor. Neben mir stieß Margarete spitze Schreie aus und versuchte, die greifenden Hände wegzuschlagen. Die Männer prügelten uns die Treppe hinab, durch die Küche, schließlich vor die Tür.

Zu Tode verängstigt und eingeschüchtert standen wir auf den Stufen. Mutter, mit Samuel auf dem Arm, Großmutter und die Magd Sweta liefen panisch und vor Angst zitternd auf den Hof.

Wie blutgierige Wölfe ihre Beute umkreiste die Horde uns mit gierigem Blick. Vater stand mit versteinertem Gesicht und schweißnassem Hemd Machno gegenüber. Furchterregende Spannung und der Geruch des Todes lagen in der Luft. Die Zeit stand still. Alltägliche Geräusche auf dem Hof erloschen.

Molotschna

Offenbar schaffen wir Menschen es, unser Leben in zeitliche Abschnitte einzuteilen. Auf diese Weise ordnen und verarbeiten wir die Vergangenheit und geben sie an nachfolgende Generationen weiter. Erlebte Geschichten prägen sich wie Buchkapitel im Gedächtnis ein.

Abwechslungsreiche, bezaubernde, unberührte Landschaften, traditionelle Bräuche, aufgeschlossene Gastfreundschaft, kulturelles Erbe ... Das alles verspricht der Reiseführer des zweitgrößten Landes Europas – die Ukraine.

Einen Ausschnitt in meinem Lebensbuch bildet die Niederung südlich des Flusses Molotschna am Asowschen Meer, das Siedlungsgebiet unserer Vorfahren. Ein Zuhause für Generationen der mennonitischen Glaubensgemeinde.

Im 18. Jahrhundert emigrierten Tausende deutschsprachige Mennoniten auf Einladung von Zarin Katharina II. aus dem westpreußischen Weichseldelta nach Südrussland, in die heutige Ukraine. Ein Grund zur Auswanderung waren zu jener Zeit die fortgesetzten gesetzlichen Beschränkungen der preußischen Behörden gegenüber christlich-pazifistischen Gemeinschaften. Zugleich erhofften sich die Mennoniten als eine Gemeinde »wehr- und waffenloser«

Christen einige Privilegien. Im neuen Land galten keinerlei Sondergesetze in Handel und Landwirtschaft.

In einem weitläufigen Tal zog über hundertfünfzig Kilometer der Molotschnafluss durch die Steppe. Die mennonitischen Ansiedlungen am Fluss entwickelten sich bis zum Ersten Weltkrieg zur größten und wirtschaftlich bedeutendsten Kolonie in Russland.

Die Ahnen meiner Familie siedelten ebenfalls in dieser Gegend. Sie nannten ihren Ort Münsterberg.

In der Erinnerung haften meinen frühen Lebensperioden verschiedene Farbschattierungen an. Zuerst die ungezwungene, hell strahlende Kindheit. Einige Jahre später folgte eine dunkle, graue Episode. Sie begann mit der Zerstörung der gutbürgerlichen Existenz unserer Familie angesichts des Ersten Weltkrieges und der Russischen Revolution. Verzweifelt flohen wir aus Münsterberg in eine fremde Welt. Nach mehreren Lageraufenthalten kamen wir endlich, armselig mit Koffern und Rucksäcken beladen, in Deutschland an. Leidvolle Augenblicke, die eine junge Seele in jenen Tagen nicht begriff.

Münsterberg im Molotschnagebiet, dort fühlte ich mich glücklich.

Was bedeutet das Wort »Glück«? Am besten erfasse ich es in einer Rückschau und versuche, meine glückliche Kindheit aus der Vergangenheit hervorzurufen. Ja, es wird Zeit. Es wird Zeit, mich aufzumachen, die Spuren der Vorfahren zu suchen und die Erinnerungen aufzufrischen.

Mit der Kutsche holte uns unser Knecht Fjodor aus der nahen Kreisstadt ab. Auf Wunsch meiner Tante hatten wir Mädchen einige Tage in ihrem Haus verbracht. Fjodor wohnte mit seiner Frau Sweta auf unserem Hof. Der Weg nach Münsterberg verlief quer durch die Steppe, über sandige Straßen, vorbei an niedrigen, verworrenen Büschen. Das Steppengras war von der brennenden Sonne ausgeblichen. Flach am Horizont, wie mit einem Bleistiftstrich gezogen, sahen wir die ersten Ansiedlungen.

Ein leichter Wind brauste auf. Hier in der Steppe wehte es ständig. Birken, von starken Winden gebogen, verneigten sich vor unserer Kutsche. Sperber zogen träge ihre Kreise und begleiteten unsere Fahrt. Ihre scharfen Augen erspähten ohne Mühe die huschenden Nager an den Wiesenrändern. Blitzschnell fielen die Raubvögel vom Himmel. Mit der Beute in ihren Krallenfängen erhoben sie sich kreischend in die Lüfte.

Jetzt ging es leicht bergan, dann etliche Kilometer weiter geradeaus. Rechts und links des sandigen Weges näherte sich bestelltes Weideland, auf dem Kühe, Pferde und Schafe friedlich grasten.

Kurz vor Münsterberg lag links das stattliche Anwesen der Familie Bouwens, auf dem Vater und mein großer Bruder Johannes zahlreiche Tischlerarbeiten ausführten. Am Ortseingang stand die Münsterberger Schmiede der Familie Bruks. Dorthin brachten Vater und Fjodor regelmäßig unsere Pferde zum Beschlagen.

An der Kreuzung mitten im Ort hielten wir uns rechts. Dort erhob sich die alte Schule aus rotem Backstein. Hinter den hohen, spiegelnden Fenstern ging es an manchen Tagen recht munter zu.

Beinahe gegenüber hatte die Kirche mit dem angebauten Predigerhaus ihren Platz. Dahinter der Friedhof, auf dem einige unserer Verwandten ruhten.

Mit einem kräftigen Schnalzen schwang Fjodor die Peitsche über die schwitzenden Pferderücken. Das Leder zog sirrend einen Kreis, zerteilte die warme Luft mit einem Knall. Die Pferde zogen an und wir fielen in die Sitzbank zurück.

Münsterberg war auf beiden Seiten einer befestigten Sandstraße angelegt. Mehrere schmalere Seitenwege durchzogen das Dorf, allerdings gab es keinen Pfad, der nicht irgendwo nach Hause führte.

Fjodor wirbelte mit unserem flotten Gespann Staub auf. Scharrende Hühner flatterten entsetzt zur Seite. Knäuel von Kindern stürmten johlend hinter uns her.

Im Herbst war die Dorfstraße matschig und zerfahren. Die Pferdefuhrwerke hinterließen tiefe Rillen, in denen das Pfützenwasser schillerte. Nach vielen Regentagen spannten die Männer Holzstämme hinter die Pferde und zogen die Straße glatt. Lange Reihen von Strommasten standen schnurgerade vor den gepflegten Häusern.

Aus farbenfrohen Gärten begrüßten uns einige Nachbarn. Vertraute Namen fallen mir ein, die ich seit Generationen kenne. Die Alberts, die Cramers, die Bartels. Sie winkten erfreut hinter uns her und wir winkten zurück.

Endlich sahen wir rechts unser weiß gestrichenes Elternhaus mit dem reich bepflanzten Vorgarten. Genau wie die anderen Häuser stand unseres auf einer Anhöhe, mit der Giebelseite zur Straße. Eingedeckt mit grauen Dachpfannen, leuchtete es matt und warm in der Mittagssonne.

Hinter dem Haus befanden sich die stattliche Scheune und die Ställe, hohe Bäume, buschige Sträucher und der Familiengarten. Eine zerrissene Vogelscheuche, die Vaters abgewetzte Hosen trug, schaukelte leicht im Wind. Direkt am

Bachzulauf hinter unserem Grundstück stand das windschiefe Gesindehaus, in dem Fjodor und Sweta wohnten.

Fjodor zog die Zügel straff, bremste die Kutsche ab und fuhr durch die holprige Einfahrt in den Hof. Ein verwittertes Holzschild, auf dem Vater unseren Familiennamen »Sommerfeld« mit verschnörkelten Buchstaben geschrieben hatte, schaukelte sanft an der Tür.

Unsere Mutter stand mit offenen Armen zum Willkommensgruß auf dem Hof und lachte uns entgegen.

Es roch nach Stall, Schweiß, Kuhmist und gedroschenem Stroh. Der Geruch frischer Milch zog wie ein Faden durch das Dorf. Es duftete nach Rieskascha mit Kompott. Am liebsten aß ich Rieskascha mit warmem Apfelmus. Noch heute erinnert mich der Duft von heißem Milchreis und süßem Apfelmus an eine längst vergangene, sorgenfreie Kindheit.

Ich möchte die Geschichte meiner Familie erzählen, deren jüngste Tochter ich bin. Die Zeit hat im Laufe der Jahre die Emotionen geglättet, sie aber nicht vergessen gemacht. Alles, was ich zu erzählen habe, ist geschehen. Durch Rückblicke und Gespräche mit Familienmitgliedern gelingt es mir fast mühelos, die Kindheitsbilder entstehen zu lassen. Ich schließe lediglich die Augen und schon fließen die Erlebnisse, einem Fotobuch gleich, zusammen. Seit frühster Kindheit hüte ich diese Erinnerungsstücke wie bunte Fotografien.

Am 18. März 1909 wurde ich, Elisabeth Luise Sommerfeld, in Münsterberg geboren. Meine Schwester Katharina berichtete, dass mein Vater »Aul wada ne Majall!« ausrief, als er mich zum ersten Mal sah. Auf Hochdeutsch: »Schon wieder ein Mädchen!« Er wünschte sich sehnlichst einen zweiten Sohn, der erst Jahre später das Licht der Welt erblicken sollte.

Meine Mutter erzählte mir, dass ihr eine einfache Frau aus dem Ort bei meiner Geburt beigestanden hatte. Keine Hebamme hätte sie so hervorragend versorgt wie diese Frau, die Elisabeth hieß. Ich erhielt als Dank ihren Vornamen.

Tatsächlich sprachen mich nur der Lehrer Siebert und Prediger Willems mit Elisabeth an. Für alle anderen hieß ich Betty Sommerfeld, die Tochter des Tischlers im Ort. Tadelte Großmutter Sophie mich mit einem resoluten »Elisabeth Luise«, lag Ärger in der Luft.

Denke ich an die Zeit zurück, als wir noch die Sommerfelds aus Münsterberg waren, sehe ich meine Eltern stolz und fleißig auf ihrem Anwesen.

Die Heirat meiner Eltern war ein kirchliches Fest, ohne Tanz und weltliche Fröhlichkeit. Nach ihrer Eheschließung zogen sie in das Haus der Großeltern. Vater übernahm vom Großvater die Tischlerei.

Mein Vater Jacob Sommerfeld war ein ansehnlicher Herr. Er hat sich für seinen Traum, einen eigenen Tischlerbetrieb zu führen, enorm angestrengt. Mit ihm kamen die Leute gerne ins Geschäft. Er war ein netter Mann, den alle mochten und respektierten. Zusammen mit meinem großen Bruder Johannes arbeitete er alle Aufträge anständig und pünktlich ab, entweder auf den weitläufigen Landgütern oder zu Hause in seiner bescheidenen Werkstatt. Er fertigte mit einfachsten Werkzeugen wunderschöne Holzarbeiten und führte Drechslerarbeiten aus. Tabaksdosen,

Zigarettenspitzen, Spielzeug und vieles mehr stammten aus seiner Tischlerei. Vater erweiterte das Geschäft wenige Jahre vor Ausbruch des Ersten Weltkrieges und stellte mehrere Arbeiter ein.

Denke ich an unseren Vater, sehe ich einen gutaussehenden, großen, schlanken Mann. Sein gewelltes schwarzes Haar lag über der hohen Stirn. Charakteristisch die gerade, energische Nase und die auffallenden blauen Augen. Der Oberlippenbart schimmerte im Gegensatz zu dem dunklen Haar rötlich. Das fand ich damals putzig. Beeindruckend auch seine schmalen Hände und die helle Gesichtshaut. Ein gütiger Mensch, geduldig und friedfertig. Zweideutige Gespräche in Gegenwart der Frauen und Kinder schätzte er nicht. Eine seiner Aussagen: »Zu Kindern muss man nett sein. Sie können nichts dafür, dass sie auf der Welt sind.«

Für die Familie tat er alles, was mit den bescheidenen Mitteln möglich war. Ohne ihn wäre unsere spätere Auswanderung aus Russland nicht gelungen. Meine Mutter hätte es mit uns allein nicht geschafft.

Vater skizzierte gerne Bauzeichnungen, begeisterte sich für Kunst und versuchte es mit Malerei. Sein ausgeprägtes Interesse für Geschichte spürten wir Kinder spätestens bei den Hausaufgaben. Eigentlich war es Mutters oder Katharinas Aufgabe, mit uns Schularbeiten zu erledigen. An einigen Tagen saß jedoch Vater mit uns am Küchentisch. Da ging es nicht so entspannt zu wie mit unserer Mutter. Er war weitaus strenger und ließ nicht locker, bis wir alle Aufgaben verstanden hatten.

Zusammen mit ihm lasen wir Texte aus der Bibel oder aus unseren Schulbüchern. Ich erinnere mich an die Geschichten von »Robinson Crusoe«, an Novalis' blaue Blume im Roman »Heinrich von Ofterdingen« und an das Märchen »Klas Avenstaken«.

Ein Gedicht kann ich bis heute auswendig:

»Wer sagt mir an, wo der Pfannkuchenberg liegt,
gespickt mit Ochsenbraten,
mit Zucker und Marzipan gefüllt
und Scheffeln voll Dukaten?
Gläserner Berg, gläserner Berg,
wann springst du auf?
Spielender Zwerg, künstlicher Zwerg,
wann wachst du auf?
Wann die Glock zwölfe schlägt,
wann der Dieb Säcke trägt,
dann spring' ich auf.
Wann der Hahn zum Zweiten kräht
und der Mond am höchsten steht,
dann wach ich auf.«

Von den Großeltern hatte Vater eine weitere Fähigkeit gelernt: Er kannte Hausmittel gegen Krankheiten, konnte Glieder einrenken und Heilkräuter benennen. Süßholz, Wermut, Thymian, Feldkamille, Schafgarbe, Eibisch, Klatschmohn, Salbei, Enzian, Pfefferminze und wilden Meerrettich. All diese Kräuter wendete er in Krankheitsfällen an.

Einigen Menschen im Bekanntenkreis hat er mit seiner Begabung geholfen. Die Nachbarn sagten: »Der Jacob Sommerfeld hat das Heilende in den Händen.« Klagten wir Kinder über Schmerzen, legte er die Hände auf die betroffene Stelle und sprach ein Gebet. Die Tränen versiegten und alles war nicht mehr so schlimm.

Mitunter erzählte er aus seiner Kindheit. Als Heranwachsender verbrachte er freie Tage auf dem Gut seines Onkels. Ein russischer Gastarbeiter lehrte Vater den Umgang mit Pferden und einige Reitkunststücke, die er von den Kosaken kannte. Im rasenden Galopp konnten die Männer Tücher vom Erdboden aufnehmen.

Der Onkel sorgte sich Tag und Nacht um seinen Besitz. Nachts weckte er meinen Vater mit den Worten: »Jacob, sto op en ried no de Tabun, en tjitj, ob de Perd nich utjebroken send.« (»Jacob steh auf und reite nach dem Gestüt, sieh nach, ob die Pferde nicht ausgebrochen sind.«)

Der größte Auftrag des Onkels war ein Ritt in die hundert Kilometer entfernte Hafenstadt Odessa. Der Grund: Während der Dreschzeit fiel der Motor einer Dreschmaschine aus. Um auf dem schnellsten Weg in den Besitz der Ersatzteile zu kommen, schickte der Onkel den besten Reiter los. Das war mein Vater. Er holte die benötigten Teile direkt aus der Fabrik. In der Fantasie sah ich den Vater als feurigen Reiter durch die Steppe galoppieren. Wir waren stolz auf ihn und seine Abenteuer.

Einen größeren Tischlerauftrag erhielt er zum Umbau des Krankenhauses in der nahen Stadt. Auch auf dem Gut Juschanlee, das der Familie Cornies gehörte, hatte er zu tun. Seine Arbeiter verpflegten sich in Großküchen auf den Baustellen und Vater bezahlte die Mahlzeiten. Jeden Tag wurde Borschtsch mit Weißbrot ausgegeben, dazu Tee mit Würfelzucker. Sozialversicherungen bestanden zu der Zeit nicht und es gab keine Unterkunft für die Arbeiter. Sie schliefen, da es im Sommer selten regnete, auf Stroh unter freiem Himmel.

Vaters Tischlerei hatte einen guten Namen in der Kolonie

und bei den Arbeitern. Genau das würde uns später einmal das Leben retten. Wäre der Krieg nicht ausgebrochen, hätten wir bald ein großes Unternehmen mit entsprechendem Kapital besessen.

Ich habe nie eine anspruchslosere Frau gekannt als meine Mutter Ester. Es machte ihr nichts aus, nicht wohlhabend zu sein. In ihrem strengen Elternhaus hatte sie Leitsätze und Bibelzitate mit auf den Lebensweg bekommen. Aber uns Kindern gegenüber zeigte sie sich verständnisvoll und milde. Sie trug dunkle, mit bunten Litzen und Stickereien verzierte, knöchellange Röcke. Rüschen säumten ihre hellen Blusen an Kragen und Ärmeln. Ein brauner geflochtener Haarkranz umrahmte ihren Kopf wie eine Krone. Ich sehe sie vor mir, Arm in Arm mit meinem Vater, eine lachende, schlanke Frau. Nur wenn sie aus dem Haus ging, trug sie ein unter dem Kinn verknotetes Kopftuch. Keiner konnte so vortrefflich wie sie die feinsten Schleifen binden, verknotete Schnürbänder lösen und uns trösten.

Fromm war sie, sehr fromm. Morgens und abends betete sie mit uns. In ihrem zwanzigsten Lebensjahr hatte sie die Taufe empfangen. Ihre Bibel, die sie aus diesem Anlass geschenkt bekam, begleitete uns durch die Lagerzeit, bis nach Deutschland.

Aufgrund ihrer Anspruchslosigkeit empfand unsere Mutter die spätere Armut selten als bedrückend. Sie war fest überzeugt, Gott würde uns helfen, und betete mehr als an anderen Tagen. Wegen ihrer schmalen Schultern und des leicht gekrümmten Rückens hatte ich immer das Gefühl, man müsse sie beschützen.

Meine Eltern führten eine gute Ehe. Trotz allen folgenden Leids ging es in unserer Familie friedlich zu.

Als Mennoniten pflegten wir klassische Geschlechterrollen. Die Oberhäupter der Familie, Großvater und Vater, arbeiteten draußen in der Landwirtschaft und in der Tischlerwerkstatt. Die Frauen meisterten Haushalt, Garten und betreuten die Kinder. Die warme Küche roch stets lecker nach Essen.

Für Mutter gab es genug Arbeit im Haus. Die Kinder versorgen, Mahlzeiten pünktlich auf den Tisch bringen, Backen, Buttern, Kaffeerösten, Käsen. Es riss nicht ab. Ohne die Hilfe unserer Magd Sweta eine kaum zu lösende Aufgabe. Obendrein meldete sich regelmäßiger Hausbesuch an. Es herrschte täglich ein Kommen und Gehen. Vertraute Gesichter, fremde Gesichter. Leute, die zu Mutters Bibelstunden eintrafen, oder Auftraggeber für Vaters Tischlerei. Es glich einem Theater mit ständigen Auf- und Abgängen.

Gab es in der Werkstatt viel zu tun, ging unser Großvater den Tischlern zur Hand. Ganz genau kann ich mich nicht an seinen Charakter erinnern, aber ich bringe ihn mit einem gewissen Maß an Ernsthaftigkeit und Strenge in Verbindung. Mit uns Kindern schimpfte er selten. Noch seltener bestrafte er uns. Zusammen mit dem Knecht Fjodor erledigte er einige Hofarbeiten, betreute das Vieh und sorgte auf unserer Kleinwirtschaft für einen ordentlichen landwirtschaftlichen Ablauf.

Großvater war ein Frühaufsteher und der Erste, der im Morgengrauen die kalte Küche betrat. Noch bevor Knecht und Magd ins Haus kamen, heizte er den Ofen vor. Nach einem Becher heißer Milch ging er mit Fjodor in den Stall, um die Kühe abzumelken. Im Winter schippte er, lange bevor wir aufstanden, Schnee vom Hof. Wir saßen schon eine Weile am Frühstückstisch, als Großvater sich im Windfang die Bekleidung abklopfte. Die Arbeitsjacke und der graue Filzhut landeten mit Schwung auf einem Haken. Die Stiefel zog er über den Stiefelknecht. In Galoschen und schlichtem Bauerngewand betrat er händereibend die warme Küche. Jeden Morgen dasselbe Ritual. Großvater freute sich nach der frühen Arbeit im Stall auf ein reichliches Frühstück.

Streng im mennonitischen Glauben erzogen, sprach er ein Gebet und bedankte sich bei Gott für das gegebene Mahl.

Unsere Eltern hielten die christlichen Zügel etwas lockerer, aber es war für uns unvorstellbar, dass vor den Mahlzeiten nicht gebetet wurde. Wir dankten dem Herrn für unsere Versorgung und seinen Schutz. Die Tischgebete sprachen Vater oder Großvater.

»O Gott, von dem wir alles haben,
wir danken dir für diese Gaben.
Du speisest uns, weil du uns liebst,
o segne auch, was du uns gibst. Amen!«

Selbst Fjodor und Sweta, die russisch-orthodoxen Glaubens waren, falteten ihre Hände und hielten bis nach dem »Amen« inne. Ich spürte als Kind, dass die Erwachsenen mit den regelmäßigen Gebeten und Dankesworten innerlich zufrieden schienen.

Zu den Mahlzeiten verstummte die stetige Unterhaltung. Nach dem gemeinsamen »Amen« hörte man nur das Kratzen der Löffel, das Klappern des Geschirrs und das Scharren der Schüsseln auf dem groben Küchentisch.

Hausandachten, Tisch- und Nachtgebete gehörten in unserer Familie zum Tagesablauf. Bei den Mennoniten stehen Gott und die Gemeinschaft über allem. Wir folgen Gottes Willen und richten unser Leben nach der Bibel aus.

Die Wurzeln der evangelischen Freikirche, die auf die Täuferbewegung zurückgeht, sind in der Reformationszeit zu finden. Der aus Friesland stammende Theologe Menno Simons (1496–1561) gab den Mennoniten ihren Namen. Zwischen den Jahren 1715 und 1815 wanderten die Mennoniten und andere Täufer nach Osteuropa aus. Sie suchten einen neuen Anfang für das Leben auf der Grundlage neutestamentarischer Schriften.

Glaubensinhalte, traditionelle Werte und Lebensweisen lernten wir Kinder in der Schule, im Bethaus und zu Hause. Gemeinsame Zeremonien festigten unseren starken Zusammenhalt.

Die Erinnerungssplitter an die mennonitische Glaubensgemeinschaft in Münsterberg sind ein Teil von mir. Unser Prediger, Herr Willems, erzählte uns von dem absoluten Gewaltverzicht der Glaubensgemeinschaft, von der Weigerung, Eide zu schwören, und von der Bekenntnistaufe im Erwachsenenalter.

Die mennonitischen Christen trafen sich zu regelmäßigen Bibel- und Gebetszeiten im Bethaus oder privat. Einmal in der Woche fanden Betstunden mit Gemeindemitgliedern in unserer Sonntagsstube statt. Unsere Mutter und meine Schwester Katharina lasen aus der Bibel oder stimmten Chorgesang an. Wir Kinder mussten stillsitzen, leise beten und gehorsam sein. An manchen Nachmittagen dauerte es Ewigkeiten, bis wir endlich spielen durften.

Als unruhiges Kind, das selten so brav wie die Schwestern war, fand ich das Ritual oftmals langweilig, habe aber nie gewagt zu protestieren.

Großmutter wirkte auf mich, anders als Mutter, ernst und vergrämt. Tag für Tag trug sie schwarze oder braune Röcke, unter denen dick gestrickte Wollstrümpfe hervorblitzten. Kein einziges Mal sahen wir sie ohne gestärkte Schürze. Das ausgefranste Schultertuch legte sie nur am Sonntag vor dem Kirchgang ab. Dann hatten die Arbeitskleider Pause und sie trug einen glänzenden Rock mit schneeweißer Bluse.

Genauso wie unsere Zöpfe saß ihr graues Haar stramm zurückgekämmt in einer Häkelhaube. Offene Haare galten als Tabu. Großmutters energische Parole, falls wir Kinder nicht gehorchten: »Beten, lernen, gehorsam und ehrlich sein, dabei ein fröhliches Gesicht.«

Als Zeichen religiöser und sozialer Identität trugen die mennonitischen Frauen keinen Schmuck. Eitelkeit und Geltungssucht verwünschte unsere Großmutter. Täglich hielt sie außerhalb der Betstunden Zwiegespräche mit Gott und bat, angesichts unserer Sünden, um seine Gnade.

Ich zweifelte an so mancher biblischen Aussage, aber Großmutters frommer Glaube war unerschütterlich. Wir gerieten häufig aneinander und sie belehrte mich. Alles in ihrem Leben drehte sich um die Kirche, um Gott und das Alte und Neue Testament. Manchmal tat sie mir in ihrem engen Lebenskreis leid.

Ich nahm mir vor, im späteren Leben den christlichen

Gürtel nicht derart eng zu schnallen, wie es in meiner Familie üblich war. Hätte ich eines Tages Kinder, sollte mancherlei anders sein.

Alles, was ich mir während meiner Kindheit vornahm, wollte ich als Erwachsene auf jeden Fall durchsetzen.

In den Sommermonaten, wenn die Molotschna über ihre Ufer trat, füllten sich zahlreiche Tümpel mit Wasser. Die seichten Gewässer boten Fische im Überfluss und wir gingen mit Großvater fischen.

Sonst ausnahmslos korrekt gekleidet, krempelte er sich die Hosenbeine bis zum Knie hoch. Ein toller Spaß für uns. Wir Mädchen kicherten verschämt. Nie im Leben hatten wir zuvor unbekleidete Körperteile bei den Erwachsenen gesehen.

Großvater schritt vorsichtig von der flachen Uferstelle ins tiefere Wasser. Hier tauchte er den an einer Stange befestigten Weidenkorb unter und zog ihn mit den gefangenen Fischen gleich wieder hoch.

»Wie hast du das gemacht? Wieso zappeln jetzt so viele Fische im Korb?«, fragten wir Kinder ihn erstaunt.

Er erklärte uns mit altmodischer, fester Stimme das Geheimnis der Fangmethode: »Die Fische schwimmen gegen den Strom. Drücke ich den Korb unter die Wasseroberfläche, treiben sie direkt hinein. Ich muss ihn nur rasch wieder hochziehen. Und schon haben wir ein paar leckere Fische als Abwechslung auf dem heimischen Mittagstisch.«

»Woher weißt du das so genau?«, fragten wir ihn.

»Das habe ich von Fjodor gelernt. Viele Russen fangen auf diese Art Fische im Fluss.«

Auch Blutegel hielten sich in den Teichen auf. Vater

brauchte sie zum Ansetzen bei Erkrankungen. Um sie zu sammeln, ließen Katharina und Johannes ihre nackten Beine ins Wasser hängen. Die Blutegel schwammen heran und setzten sich auf der Haut fest.

Einmal wollte ich genauso mutig sein wie meine älteren Geschwister. Ich setzte mich am Tümpelrand ins Gras, zog Schuhe und Strümpfe aus und ließ die Füße in das kalte Wasser gleiten. Die ekeligen Gefährten schwammen heran und saugten sich fest. Erschrocken zog ich die Beine hoch, kreischte und strampelte wild.

Entsetzt kam Johannes angerannt.

»Nimm sie weg! Nimm sie weg!«, schrie ich und erschauderte.

»Hör auf zu zappeln. Es sind nur Blutegel«, herrschte Johannes mich an und löste die abscheulichen Tiere mit den Fingern ab. Vollgesogen fielen sie in den Sand. Heulend sprang ich auf. Nie wieder würde ich für den Vater Egel sammeln. Nie wieder!

Mein zehn Jahre älterer Bruder Johannes war der Erstgeborene in der Familie. Mit seinem braunen Bürstenschnitt und den langen Armen ähnelte er dem Vater. Er trug den Strohhut tief ins Gesicht gezogen und war stets mit Latzhose bekleidet. Wir Mädchen liebten ihn über alles, den großen Bruder – unser Held. Er lernte in Vaters Werkstatt, gelehrig und fleißig, den Beruf des Tischlers.

Die Familie war sich sicher, dass Johannes eines Tages den Betrieb übernehmen würde. An manchen Tagen neckte er uns Nestküken und hatte jederzeit einen Scherz auf Lager. Wenn es darauf ankam, konnten wir uns auf ihn verlassen.

Zu seinem Tauffest in der Kirchengemeinde hatten die

Männer ihm ein Schnitzmesser geschenkt. Fühlte Johannes sich unbeobachtet, holte er es stolz aus der Tasche und betrachtete es eingehend, als sehe er es zum ersten Mal. Die scharfe Klinge und die seitlichen Perlmuttflächen glänzten matt im Sonnenschein. Langsam klappte er die Klinge in den Schaft und streichelte das Messer zärtlich mit den Händen.

Aus Holzresten und Ästen schnitzte er allerlei Figuren und Puppenköpfe für uns kleineren Geschwister. Mutter nähte aus Stoffresten Kleider, die wir mit Schleifen an den Holzköpfen festbanden. Hände und Füße hatten unsere merkwürdigen Puppen nicht. Wir liebten sie trotzdem und spielten gerne mit ihnen.

Meine Schwester Katharina, acht Jahre älter als ich, war der Mutter am ähnlichsten. Vom Wesen her eine Friedensstifterin, ruhig, verständnisvoll, vernünftig und verlässlich. Ihre ungebrochene Kraft schöpfte sie aus Gesprächen mit Gott.

Genau wie unsere Mutter merkte sie sofort, wenn es uns Kleineren schlecht ging. Lügen waren ihr verhasst und Gerechtigkeit ging ihr über alles. Ohne Widerrede folgte sie den Eltern und übernahm pflichtbewusst die Verantwortung, wenn Mutter nicht im Hause war. An einigen Tagen konnte sie aber auch energisch mit uns Geschwistern umgehen. Das sollte unserer Familie während der Internierungszeit im Lager zugutekommen.

Meine Schwester Margarete war zwei Jahre jünger als ich. Wir standen uns am nächsten und hielten eng zusammen.

Margaretes schmale Wangen waren über und über mit

Sommersprossen bedeckt. Die zart geschwungenen Brauen über den braunen Augen zog sie gerne ein wenig hoch, als erwarte sie stets Freudiges. Jederzeit war sie zu einem Lächeln bereit.

Margarete und ich hatten viele Freundinnen in der Nachbarschaft und spielten gerne in der Sandkiste nahe der Scheune. Einmal ringelte sich aus dem Gebüsch unmittelbar hinter der Sandkiste eine aalglatte Schlange. Entsetzt sprangen wir mit ohrenbetäubendem Geschrei aus der Kiste. Bevor der Vater aus dem Haus gerannt kam, hatte sich das Tier rasch verzogen. Von da an saßen wir mit einem unguten Gefühl im Sand und mieden diesen Spielplatz immer mehr.

Es gab Tage, da hockte Margarete vor unserem Grundstück, malte mit einem Stöckchen Bilder in den Sand oder schaute interessiert den Gespannen hinterher. Unterdessen riefen und suchten die Frauen im Hause nach ihr.

Im Gegensatz zu Katharina und Margarete sah ich aus wie ein russisches Kosakenkind. Das behaupteten jedenfalls meine Geschwister. Die hohen Wangenknochen, eine breite Nase und die dunkle Gesichtshaut reichten aus, um ihre Lästereien zu stärken. Meine Arme und Beine wirkten nicht so feingliedrig wie bei den Schwestern. Das fast schwarze Haar, zu einem strengen Zopf gebunden, trug nicht zu meinem besseren Aussehen bei. Als junges Mädchen konnte ich beim Sprechen niemandem in die Augen blicken. Ich hatte stets Hemmungen und ein schlechtes Gewissen, weil ich glaubte, wie ein Kosakenkind auszusehen.

Dazu kam meine Abscheu vor allem, was schlängelte und krabbelte. Besonders Spinnen begegnete ich mit Ekelschauer und lautstarkem Krakeelen. Es nützte überhaupt nichts, wenn mein Bruder mir erklärte, wie nützlich diese Tiere seien.

Gerne saß ich spielend unter dem Küchentisch, umgeben von dem Sprachgewirr der Frauen. Die robuste Tischplatte hing wie ein schützendes Dach über meinem Kopf. Einmal krabbelte eine Spinne unter der Sitzbank hervor, um mir Gesellschaft zu leisten. Ich schrie auf, sprang hoch und knallte mit dem Kopf unter die Tischkante.

Es gab kein Halten mehr. Ich heulte Rotz und Wasser und der Kopf tat weh. Sweta wischte ihre nassen Hände an der Schürze ab und zog mich unter dem Tisch hervor. Sie putzte mir die Nase, murmelte russische Worte und wiegte mich im Arm. Ihre Hände waren vom Waschsoda gerötet. Sie roch nach Schweiß und Küche.

Angelockt durch mein Geschrei, kam Großvater herein, bückte sich und griff die Spinne in die Faust. Kopfschüttelnd beförderte er das Krabbeltier in den Hof.

Später, im Erwachsenenalter, legte sich meine Spinnenphobie ein wenig, obwohl ich nie begeistert war, wenn Ungeziefer meinen Haushalt besuchte.

Eine folgsame Tochter war ich nicht. Es gab stets etwas an mir zu kritisieren. Täglich wurde der Sitz meiner Frisur bemängelt. Die Frauen strichen mir über die zerzausten Haare, und bevor ich antworten konnte, machte sich eine von ihnen daran, mein Haar zu lösen, es fest durchzukämmen und einen neuen strammen Zopf zu flechten.

Immer bei der Wahrheit zu bleiben, war auch nicht so einfach. Kam ich zu spät nach dem Spielen ins Haus und Mutter befragte mich streng, wo ich wohl mit Grasflecken in der Schürze herkäme, kreuzte ich die Finger hinter dem Rücken und dachte mir schnell eine Ausrede aus.

Ehrlichkeit und ein fester Glaube an Gott sind das Wichtigste im Leben. Es war nicht leicht, diesen Grundsatz einzuhalten, besonders wenn andere Kinder bei strahlendem Sommerwetter draußen barfuß herumtobten. Ich durfte nie ohne Schuhe laufen wie die russischen Kinder, tat es aber heimlich, sobald ich zum Kühehüten weit genug entfernt war.

»Wasch dir die Hände!« »Stürme nicht so die Stufen hinauf, halte dich am Geländer fest!« »Sei nicht so vorlaut!« – Verhaltensregeln, die täglich auf mich einprasselten. Unterhielten sich die Erwachsenen, hatten wir zu schweigen. Gerade bei interessanten Gesprächen hieß es: »Das brauchen die Kinder nicht zu hören!« Uns schickte man vor die Tür. Meine Schwestern behielten ihre Meinung für sich. Das fiel mir schwer.

Oft unterhielten sich die Eltern und Großeltern leise in der Stube. Mitunter lauschte ich an der Tür, obwohl ich es nicht wollte. Aber verschlossene Türen zogen mich magisch an.

Waren wir besonders brav und bettelten lange genug, nahmen uns Großvater oder Fjodor mit zur Schmiede der Bruks, um den Pferden neue Hufeisen anzupassen. Schon aus der Ferne hörten wir den dröhnenden, lebendigen Hammer- und Ambossklang und den asthmatisch pfeifenden Blasebalg. An diese Geräusche erinnere ich mich heute noch. Je näher wir kamen, umso intensiver wurde der Geruch der brennenden Steinkohle, der Duft noch nicht ganz abgekühlter Schlacke.

Ich hatte immer ein wenig Angst vor dem Schmied. Herr Bruks war ein großer, kräftiger Mann mit rauen, starken Händen. Seine Stimme dröhnte so laut wie der Schmiedehammer. Schweiß lief ihm von der geröteten Stirn. Allerdings hatte er Pferdeverstand. Die Tiere hielten ganz still und ließen sich beschlagen.

Pferde waren zu der Zeit die wichtigsten Zugtiere und auch ein Statussymbol. Die mittelständischen Betriebe besaßen mehrere Pferde. Bei den Russen trappelten kleine, struppige Pferdchen vor den armseligen Kutschen. Ihre Pflüge ließen sie von Kühen über die Ackerflächen ziehen.

Wir besaßen drei Pferde. »Gukla« und »Waska« liefen vor der Kutsche und dem Pflug. »Mitja« war das Reitpferd, auf dem Vater und Johannes ritten, um rasch in die nächste größere Stadt zu kommen.

Hatte unser Knecht einen guten Tag, setzte er uns Mädchen auf die breiten Pferderücken und wir durften im Hof im Kreis reiten. Unsere Mutter sah es nicht gerne, da sie es als unschicklich betrachtete. Mädchen reitend auf einem Pferd, das duldete sie nicht, und wir ernteten einen vorwurfsvollen Blick. Sie schimpfte selten mit uns, für Ungehorsam hatte sie stets einen christlichen Spruch parat und strich uns zärtlich über die zerzausten Haare. Ich liebte meine Mutter, sie war eine fürsorgliche Frau.

Münsterberg, meine Familie, meine Freundinnen, das war meine Welt. In unserem friedlichen Dorf fühlten wir uns geborgen. An glücklichen Erinnerungen fehlt es mir nicht. Es hätte so weitergehen können.

Bis zum Beginn des Ersten Weltkrieges schienen die Russen uns Deutschen gegenüber loyal. Auf jeder gutgehenden

Hofstelle arbeitete russisches Gesinde. Ohne Fjodor und Sweta hätten wir den landwirtschaftlichen Betrieb nicht aufrechterhalten können. Sie gehörten zweifellos zu unserer Familie.

Die beiden bewohnten eine strohgedeckte Hütte mit windschiefen Fensterläden hinter der Scheune. Ein Flechtzaun grenzte Swetas Garten von unserem ab. Allerdings saßen beide täglich mit an unserem Tisch und benötigten kaum eigene Erträge. Der Durchgang zum Fluss führte direkt über ihren von Unkraut bewachsenen Hof.

Sonntags nach der Stallarbeit genossen sie einen freien Tag. Das Melken der fünf roten Kühe übernahmen dann unsere Eltern.

Unsere Hausangestellten gehörten dem russisch-orthodoxen Glauben an. Jeden Sonntag besuchten sie ihre Kirchengemeinschaft in der nahen Stadt, danach trafen sie sich mit Verwandten.

Fjodor trug zu solchen Anlässen einen weißen Leinenkasack, der mit einem schwarzen Gürtel gebunden wurde. Sweta zeigte sich in ihrem besten Sarafan, einem Trägerkleid mit bunten Ornamenten, das sie über farbigen Blusen trug. Ohne Kopfschmuck ging keine russische Frau aus dem Haus. Sweta tauschte sonntags ihre Holzschuhe gegen kurze Lederstiefel. Je nach Jahreszeit zogen beide derbe Wolljacken oder wattierte Steppjacken an. Eine hohe Pelzmütze gehörte für Fjodor ebenso dazu wie die blank geputzten Reitstiefel.

Alltags trug er einen fleckigen Kittel über den knielangen Arbeitshosen. Für die Stallarbeit reichten dicke Filzstiefel mit Ledersohlen. Tief über das faltenzerfurchte Gesicht hing die Schiebermütze.

Abenteuerlich fanden wir Kinder Fjodors dunkle Zahnlücke, in der die abgekaute Pfeife passgenau Platz fand. Bückte er sich zu uns herab, strömte ein herber Atem durch den schwarzen Bart.

Fjodor und Sweta hatten keine eigenen Kinder und wir waren uns sicher, sie liebten uns genauso wie unsere Eltern. An manchen Tagen folgten wir dem Knecht wie ein Wolfsrudel, um ihn zu ärgern. Wurde es ihm zu viel, zog er die Reitpeitsche aus dem Kasackgürtel. Wir wussten Bescheid und liefen schreiend über den Hof davon. Er schmunzelte hinter uns her, schwang sirrend die Peitsche und tat, als wolle er Spatzen vertreiben, die frech über den Hof flatterten.

Reiten konnte Fjodor tadellos wie ein Kosak. Er griff dem Ross in die dicke Mähne und sprang aus dem Stand auf den Pferderücken. Einen Sattel benötigte er nicht. Das Pferd schnaubte, bäumte sich auf und schlug mit den Hufen, als wolle es den Knecht abwerfen. Aber er drückte die Knie eng an die Flanken und zwang das Tier zur Ruhe. Bei dem kleinen und gedrungenen Knecht wirkte das Aufsitzen geschickt und elegant.

Unsere Magd Sweta war eine klein gewachsene Frau mit mongolischen Gesichtszügen. Die tiefen Falten in ihrem Antlitz erzählten von einem langen, schweren Arbeitsleben.

Sprach sie mit uns, klang es kurz und abgehackt, und ich musste an gackernde Hühner denken. Sie verzierte ihre russische Aussprache mit deutschen und plautdietschen Wörtern. Zu gerne sagte sie, je nach Windlage, das kommende Wetter voraus. Aber darauf wollte sich im Hause keiner so recht verlassen.

Ohne zu murren, erledigte sie alle aufgetragenen hauswirtschaftlichen Aufgaben. Sie half Mutter bei der Wäsche und der Großmutter im Garten. Hart und fest zupacken, das konnte sie und machte aus ihrer Meinung keinen Hehl.

Unsere russischen Sprachkenntnisse lernten wir von Fjodor und Sweta. Es reichte aus, um mit den russischen Kindern zu spielen.

Dass unsere Hausangestellten die Mahlzeiten mit uns teilten, verstand ich zunächst nicht. In anderen Häusern saß das Gesinde abseits an einem Extratisch. Außerdem besaßen beide eine eigene Küche in ihrem Häuschen.

Unser Vater erklärte mir, dass beide hart für uns arbeiteten, und damit gehörten sie an unseren christlichen Tisch. Jesus lud alle an seine Tafel, egal welche Religion, welcher Status. Er kannte keine Berührungsängste. Schließlich las Vater mir aus der Bibel vor: »… wenn ihr ein Haus betretet, sagt als Erstes: Friede sei mit diesem Haus! Bleibt in dem Haus, in dem man euch aufnimmt. Esst und trinkt, was man euch dort gibt.« Er sah mich an: »Und so handeln wir gerne in diesem Haus. Wo im Namen Jesu eine Tischgemeinschaft besteht, breitet sich Gottes Frieden aus. Amen.«

Er stand auf und stellte die Bibel zurück ins Regal.

Ich senkte den Kopf und sagte leise: »Amen!« Das war mir eine Lehre. Nie wieder würde ich eine üppige Runde am Tisch hinterfragen.

Als die ersten Einwanderer im 18. Jahrhundert an diesem Ort ankamen, fanden sie eine sandige Steppe vor. Ein ödes, wildes Gebiet. Jetzt sah man den Höfen der fleißigen Mennoniten die typische Reinlichkeit und Arbeitsamkeit an. Hier schritt die Zeit langsam voran. An manchen Tagen blieb sie fast stehen.

Vater hielt unser Elternhaus von außen gut in Schuss. Ein weiträumiges Domizil mit sieben Zimmern, einer Küche und einem Vorbau zum Hof. Die sogenannte Sonntagsstube lag vorne im Haus. Darin standen zwei prächtige Möbelstücke: ein rotes, geschwungenes Samtsofa und ein geschnitzter Tisch aus Eichenholz, den Vater gefertigt hatte. Aus einem goldgerahmten Wandbild schaute uns »Johannes der Täufer« entgegen. Durch die hellen Gardinen am Fenster leuchtete der Vorgarten. Für uns Kinder war diese Stube tabu. Die »groaet Stuuv«, wie wir sie nannten, wurde nur zu besonderen Anlässen geöffnet.

An Sonntagen deckte unsere Mutter mit ihrem besten Geschirr den Tisch ein. Ich bewunderte das weiße, fast durchscheinende Porzellan. Großmutter hatte dafür kein Verständnis: »Jesus ist der Geist Gottes, der in uns wohnt und nicht in prachtvollen Gegenständen.«

Wenn Mutter dabei war, durften wir in die »kleene Stuuv«. Dort handarbeiteten die Frauen, lasen aus der Bibel vor oder sangen.

Die restliche Einrichtung im Haus entsprach dem Prinzip der Schlichtheit. Alle Gegenstände waren zweckgebunden, aus Sparsamkeitsgründen. Aus Vaters Werkstatt stammten massive Kleiderschränke und andere Möbelstücke. An den Wänden hingen Regale für Bücher, Bibeln, Gesangbücher sowie bildliche Hinweise und Sprüche über die Lehre der Heiligen Schrift.

Die Aussteuertruhe, die wichtige Wertgegenstände enthielt, stand in Vaters Schreibstube. Ihr Holzdeckel war mit kunstvoll gemalten Szenen aus der Bibel geschmückt und blieb für uns Kinder stets verschlossen.

Hinter einem krummen Staketenzaun an der Scheune

lag unser herrlicher Familiengarten. Wir genossen es, zur Erntezeit an den Beerenbüschen und Obstbäumen zu naschen. Süße Früchte, die das Herz der Kinder mit Seligkeit erfüllten.

Die Frauen bauten überwiegend Kohl, Gurken, Bohnen und Tomaten an. Besonders stolz war unsere Großmutter, wenn ihre ausgesäten Melonen zu prachtvollen Früchten heranreiften. Über dem Gartenzaun grüßten stachelige Disteln mit ihren violetten Mützen. Durch den Zaun schlängelten sich neugierig mehrere Kürbispflanzen. Hinter der Scheune wucherten dunkelgrüne Brennnesseln.

Ich spielte mit meinen Freundinnen auf unserem Hof öfters Verstecken und Fangen. Einmal verschwand ich hinter der Scheune und rannte geradewegs in die Brennnesselbüsche hinein. Ich stolperte und schon lag ich quer in den Nesseln. Bis ich mich aufgerappelt hatte, brannte, pikte und juckte es an Armen und Beinen. Heulend rannte ich zur Mutter in die Küche. Sie legte mir gekühlte Tücher auf die roten Pusteln. Das Versteckspiel war erst einmal beendet.

In den mennonitischen Siedlungen war es üblich, vor dem Haus einen Blumengarten zu besitzen. Ging man durch den Ort, sah man links und rechts blühende Gärten. Die Nachbarn saßen im sanften Abendlicht zwischen Stockrosen und Lilien auf den Bänken.

Hinter den Gehöften erstreckten sich die angelegten Felder in die Steppe. Der Blick ging weit hinaus, bis zu dem sumpfigen, schilfbewachsenen Ufer der Molotschna.

Während der Regenzeit im Herbst überschwemmte der Fluss das Gebiet. Die Dorfstraße verwandelte sich in ein schlammiges Band. Ich liebte es, wenn der dicke, warme

Schlamm durch die Zehen quoll. Trabten Pferde über die Straße, spritzte der Matsch unter ihren Hufen nach allen Seiten. Sprangen wir nicht rechtzeitig zurück, waren Mantel und Schuhe mit Dreck bekleckert.

Wir erlebten heiße Sommer mit all ihren Plagen. Aber auch sonnige Herbsttage und eisige Winter mit sibirischem Ostwind, der Hagel über die Steppe warf. Der Steppenwind trieb Halme über den Hof, pustete unserem Hund durch das Fell und scheuchte ihn in die Scheune.

Geschützt saßen wir an dem warmen, massiven Schornstein auf der Ofenbank in der Küche. Sie bildete das Herz unseres Hauses, das automatisch alle anliefen. Gleich nebenan lag die Extrakammer für Vorräte und das »Schaup« für die Milchprodukte.

Großmutter, Mutter und unsere Magd Sweta werkelten ständig in der Küche. Sie verstanden es gut, uns Mädchen in die tägliche Hausarbeit einzubinden. »Alle gemeinsam im Rhythmus der Jahreszeiten. Mit eigenen Händen anbauen und verarbeiten, was die Familie braucht.«

Zur Winterzeit wurde in der Nachbarschaft ein Schwein geschlachtet. Jetzt gab es für uns »Leewaworscht« auf die Brotscheiben. Unsere Familie bekam einen kleinen Teil Fleisch als Lohn, da Großvater und Fjodor fleißig beim Schlachten halfen. Es war üblich, dass Verwandte und Nachbarn beim aufwendigen Schweineschlachten anpackten. Nichts wurde weggeschmissen. Die Frauen pökelten viel Fleisch in Holztrögen ein. »Jepökeltes Fleesch« hielt monatelang. Zu Fleischgerichten reichte Mutter »Aupelschnitz«, gezuckerte und getrocknete Äpfel.

Gegenüber der Scheune lag eine kleine Streuobstwiese, die unseren Bedarf an Äpfeln und Birnen abdeckte. Ende

August lockte der Duft der ersten Früchte auf den Bäumen. Von der Sonne erwärmt, vermengte sich der Geruch mit dem Summen der Bienen. Der Wind trug den Duft von Hof zu Hof.

Zusammen mit Sweta sammelten wir Kinder die Früchte auf. Großmutter wusch die Äpfel, schnitt sie in Ringe und trocknete sie auf Holzbrettern in der Sonne. Sah niemand hin, stibitzten wir Kinder gerne einige Apfelringe.

Das brachte mich mit den Zehn Geboten in Konflikt. »Du sollst nicht stehlen!«, heißt es dort. War das heimliche Naschen der süßen Fruchtstücke schon eine Sünde? Waren wir dadurch den Eltern und Großeltern gegenüber ungehorsam? An einigen Tagen zweifelte ich an unserem Glauben und bekam keine Antwort.

Samstags war Backtag und ein feiner Geruch durchzog das ganze Dorf. Ein schwerer Tag für Mutter, denn Backen war Frauensache. Obwohl wir ein modernes Haus besaßen, backte sie draußen in einem Backhaus. Das hatte Vater zusammen mit dem Knecht Fjodor aus Ziegelsteinen und Lehm gebaut.

Fjodor heizte den Ofen mit Stroh und Holz an. In der Zwischenzeit kneteten die Frauen den Teig und formten Brotlaibe. Ob der Ofen die richtige Temperatur hatte, testete Mutter mit der Hand. Sie hielt diese kurz hinein und wusste genau, wann der Teig eingesetzt werden konnte. Vorher kratzte Fjodor die Asche aus dem Ofen, dessen Innenwände glühten. Sweta wickelte Tücher um den Schieber und wischte nass hinterher. Feinere Asche benutzten die Frauen später zum Scheuern und Wäschewaschen.

Nachdem Mutter das Brot eingeschoben hatte, erledigten die Frauen weitere Hausarbeit. Nach über einer Stunde öffnete Mutter die schwere Eisentür des Ofens und holte die duftenden Brotlaibe heraus. Die Frauen kochten und backten nie nach einem Rezept, sondern einfach nach Gefühl. Es klappte immer und alles schmeckte lecker.

Mutter sorgte vorbildlich für uns. Ihre Sparsamkeit, die Arbeitsfreude, den Ordnungssinn bewunderten wir.

Pünktlich alle vier Wochen, an einem Montag, hieß es: Waschtag. Am Freitag begann die Vorarbeit. Mutter zog alle Betten ab und sammelte die restliche Bekleidung ein. Das benötigte Wasser pumpte Fjodor aus einer Zisterne im Hof. In der Waschküche entfachte Sweta unter dem hundert Liter fassenden Waschkessel das Feuer. Mutter schöpfte warmes Wasser in den Waschtrog, anschließend weichten beide die Wäsche ein. Im Morgengrauen am nächsten Tag wuschen sie die Wäscheteile mit der Hand aus der Seifenbrühe heraus und schrubbten sie auf dem Waschbrett. Die gespülte Weißwäsche landete im Kessel. Gekocht, dreimal gespült und gestärkt, flatterte die Wäsche anschließend lustig an langen Leinen im Wind. Mitte der Woche war die »Wäscheschlacht« endlich geschlagen.

Die Landwirtschaft in der südrussischen Steppe war während meiner Kindheit weit fortgeschritten. Das regelmäßige Bewirtschaften der Felder verhinderte schädliche Einflüsse zunehmend. Frühere Heuschreckenplagen gab es kaum noch. Doch mit den Zieselmäusen führten Großvater und Fjodor einen zähen Kampf. Die Nagetiere fielen zu Hunderten über das Getreide her.

Nach dem Vorbild von Johann Cornies hielten sich Großvater und Fjodor an die Dreifelderwirtschaft. Im dreijährigen Wechsel bauten sie Weizen und Futtergetreide für den eigenen Bedarf an. Anschließend lag das Land ein Jahr brach.

Die Mennoniten erzielten mit Fleiß und überliefertem Wissen höhere Erträge als die russischen Bauern auf ihrem Land. Das sorgte an vielen Orten für Unmut. Aber unsere Bauern kannten auch Misserfolge und trugen sie tapfer.

Großvater erzählte von Heuschreckenschwärmen, die in trockenen, heißen Sommern wie eine schwarze Rauchwolke über den Feldern hingen. Die bis zu zwanzig Zentimeter langen Tiere fraßen Gras und Getreide derart kahl, dass Erntebeträge ausfielen. Die Landbesitzer liefen mit Klingeln über die Felder, schossen in die Luft oder verursachten anderen Lärm, um die Quälgeister zu vertreiben.

Zusätzlich richteten wilde Feldhasen große Schäden im Wald, auf den Wiesen und im Garten an. Auf ungepflegten Weideflächen breitete sich der Wildhafer rasend schnell aus.

Vater erzählte von einer schweren Rinderpest, die in unserer Gegend wütete. In den russischen Dörfern gingen nahezu alle Tiere ein. Bei den Mennoniten hielt sich der Schaden in Grenzen, da sie ihre Tiere sauberer und kontrollierter hielten.

Auch über die ersten Neusiedler in Südrussland klärte Vater uns auf. Sie züchteten Schafe und gründeten nebenbei Wollspinnereien. Einige Ansiedler bauten erfolgreich eine Seidenraupenzucht auf und pflanzten Maulbeerbäume.

In der südrussischen Steppe hatte ein reicher Mennonit den einzigartigen Naturtierpark »Askania Nova« angelegt. Zu gerne hätte ich diesen Park besucht. Er wurde durch die Kriegswirren zerstört und erst Jahre später von den Sowjets wiederaufgebaut.

Dunkle Wolken ziehen auf

Im August 1914 erklärte Deutschland Russland den Krieg. Ich war gerade fünf Jahre alt, als der Erste Weltkrieg begann.

In den nahen Dörfern schlugen die Kirchenglocken dem Frieden die letzte Stunde. Der Wind trieb das dumpfe Glockengeläut weit über die Steppe. Das Leben in der Natur hielt für kurze Zeit den Atem an.

Es war das Ende einer hundertfünfzigjährigen Kolonialzeit, damit begann der Verfall der erfolgreichen Mennonitensiedlungen in Südrussland.

Der Ausbruch des Krieges kam für alle Russlanddeutschen vollkommen überraschend. Plötzlich wurden sie als Feinde des Russischen Reiches angesehen. Das Schicksal eines ganzen Volkes sollte sich ändern.

Die Veränderungen kamen schleichend und am politischen Himmel braute sich Schreckliches zusammen.

Die Eltern sprachen mit uns Kindern nie über diese Themen. Wir verstanden die Bedeutung des Wortes »Krieg« überhaupt nicht.

Die ersten Kriegswochen in Südrussland verliefen ruhig. Die Familie stand früh in den Morgenstunden auf, betete und verrichtete die täglichen Pflichten. Alle gingen zeitig ins Bett, um am nächsten Tag ausgeruht das Tageswerk zu schaffen.

Meine Familie war nicht arm und wir hatten alles, was das Leben unbeschwert machte. Noch blieben Unglücke unserer heilen Welt fern. Sah ich die kümmerlichen Höfe der Russen, wurde mir bewusst, dass wir im Überfluss lebten.

Ich denke nicht, dass die russischen Kinder es so angenehm hatten wie wir. Die Russen ließen ihre Kinder nie gegen Krankheiten impfen, obwohl es vom Kaiser verordnet wurde. So hatten die Kinder oft Blattern, und wir mussten aufpassen, dass wir uns nicht ansteckten.

Wir kamen selten mit russischen Kindern zusammen. Außerdem wurde es von unseren Eltern nicht gerne gesehen. Anders als wir mennonitischen Kinder, tobten die Russenkinder singend und lachend ohne Aufsicht auf den Straßen. Darauf war ich neidisch. Sie durften nach draußen, während unsere Hände zum Gebet im Schoß lagen und wir Bibelgeschichten hörten.

Meine Mutter galt als mündliche Hauptquelle der Mennonitengeschichte in der Ukraine. Sie las den Geschwistern und mir Bibeltexte vor und plauderte von vergangenen Zeiten. Unser 1915 geborener jüngster Bruder Samuel, sonst ein schreiendes Bündel, lag friedlich, als höre er zu, in ihrem Arm. Wir anderen Kinder saßen zu ihren Füßen und lauschten ihren Schilderungen. Wir hörten es gerne, wenn Mutter im sanften Tonfall die alten Geschichten erzählte.

Mutter achtete stets darauf, dass wir Kinder ordentlich und sauber angezogen aus dem Haus gingen. Zum Kirchgang am Sonntag trugen wir die besten Kleider. Mutter kontrollierte uns mehrmals und gab uns einen ihrer Lieblingssätze mit auf den Weg: »Nur in sauberer Kleidung dürft ihr vor dem Höchsten erscheinen. Sieht der Mensch unordentlich aus, gehe ich davon aus, dass das Innere auch unordentlich ist.«

Die Erwachsenen machten sich sonntags ebenfalls fein. Unsere Magd Sweta hatte die Lederstiefel der Männer blank geputzt. Auf der Fahrt zur Kirche saßen sie in schwarzen Anzügen, mit schneeweißen Hemden und einem seidenen Einstecktuch in den Kutschen. Die Frauen trugen zu den dunklen langen Röcken mit Rüschen verzierte Blusen. Ihre Haarpracht verschwand unter einem Kopftuch. Anders als die Männer behielten die Frauen während des Gottesdienstes die Köpfe bedeckt.

Mit Respekt und in aller Stille betraten wir den hellen, schlichten Raum im Bethaus. Es gab kein Kreuz, keinen Altar oder kirchlichen Schmuck an den Wänden.

Auf einer Erhöhung an der Längswand stand die schnörkellose Kanzel für den Prediger und den Vorsänger.

Über dem Chorraum las ich die grauen Buchstaben: »Selig sind, die das Wort Gottes hören und bewahren – Lukas 11,28.«

Mutter und Großmutter gingen mit uns Mädchen und dem kleinen Samuel in die linken Stuhlreihen. Die Männer saßen auf der rechten Seite. Nach dem gemeinsamen Singen hörten wir eine berührende Predigt. Es drehte sich alles um Gründlichkeit, Nüchternheit, Selbstlosigkeit, Frömmigkeit und Demut. Nicht jeder konnte so eindringlich mit kräftiger Stimme sprechen wie unser Herr Willems. Mitunter ging mir die Predigt besonders nah und mir liefen die Tränen. Es gab aber auch Zeiten, da hörte ich nur mit halbem Ohr zu.

An einigen Sonntagen führte der Prediger eine Taufe durch. In jeder mennonitischen Gemeinschaft wird die Taufe anders zelebriert. Entweder wird der Täufling kurz im Wasser untergetaucht, mit Wasser bespritzt oder begossen.

Zum anschließenden Gedächtnismahl am angerichteten Abendmahltisch gingen alle mit niedergeschlagenen Augen, um zu empfangen. Brot und Wein galten als Zeichen und Symbol zur Erinnerung an den Opfertod Jesu Christi.

Am Ende des Gottesdienstes hörten wir den Segen: »Die Gnade unsers Herrn Jesu Christi und die Liebe Gottes und die Gemeinschaft des Heiligen Geistes sei mit euch allen. Amen!«

Herr Willems wohnte mit seiner Familie auf einer kleinen Wirtschaft und wurde durch die Gemeindemitglieder unterstützt. In unruhigen Zeiten hielt er fest zu seiner Gemeinde.

Als er in die Ansiedlung gezogen war, arbeitete er zunächst als Lehrer in der Schule. Dann wurde er Vorsänger und von der Gemeinde zum Ältesten gewählt. Anschließend erhielt er die Weihe zum Prediger.

Seine Frau und er starben in den Hungerjahren an Typhus. Zu dieser Zeit waren wir bereits nach Deutschland ausgereist.

Auf unserer Flucht sah ich viele Zeichen und Symbole des Glaubens, aber er wurde nach meinem Ermessen nicht korrekt umgesetzt. Menschlichkeit löste sich wie im Nebel auf. Für unsere Familie standen die Liebe zu den Mitmenschen und der Glaube an Gott an erster Stelle. Leider gab es andere Personen, die bestrebt waren, die Welt in eine handliche Form ohne Religion und Nächstenliebe zu pressen.

Ein Jahr nach dem Ausbruch des Ersten Weltkrieges wurde ich mit sechs Jahren eingeschult. Meine jüngere Schwester Margarete kam zwei Jahre später nach und ging mit mir als »Fibler« in die Unterstufe.

Die fortgeschrittenen Jahrgänge, die Mittelstufe, waren die »Testamentler«. Die Schüler der Oberstufe hießen »Bibler« und besuchten die Zentralschule in der nahen Stadt.

Margarete und ich wurden morgens regelmäßig von den Geräuschen in Haus und Hof wach. Zur Dreschzeit im Dorf erklang eine besondere Musik. Bis spät in der Nacht hämmerten die Dreschflegel in den Tennen und die Dreschwalzen stampften. Wir hörten Männerstimmen, die die Pferde antrieben, und das Schnauben der Tiere.

Langsam erwachte das Leben im Haus. Großmutter besprach mit Sweta die anfallenden Arbeiten. Großvater und Fjodor kamen laut redend aus dem Stall, in dem unsere Kühe in den Ketten rumorten. Irgendwo krähte ein Hahn. Geräusche, die uns einschläferten und wieder aufweckten. Bei dem morgendlichen Spektakel, das an unsere Ohren drang, hätte man denken können, die Familie sei immens groß. Wir drehten uns noch einmal tiefer in die Kissen und schlummerten eine Weile weiter. Es würde nicht mehr lange dauern, bis die Mutter oder Katharina uns zum Frühstück riefen.

Katharina arbeitete seit ihrem sechzehnten Lebensjahr als Lernschwester im städtischen Krankenhaus. Todmüde von der Arbeit mit schwerkranken Menschen, kam sie einmal in der Woche heim. Sie roch immer ein wenig nach Desinfektionsmittel.

Hatte Katharina im Krankenhaus einen freien Tag, half sie den Frauen in der Küche und übernahm mütterliche Pflichten. Mutter versorgte in der Zeit den Säugling Samuel, der meistens friedlich in einem Wäschekorb aus Weidengeflecht schlief.

Durch die dicken Federkissen hörten wir unsere Schwester die Treppe hochstürmen. »Die Sonne scheint«, brüllte sie ins Zimmer und weckte uns aus dem wohligen Schlummer. »Ihr Faulpelze, wollt ihr endlich aufstehen? Großvater und Fjodor sind schon vom Melken zurück. Ich habe längst Frühstück bereitet. Milch für euch steht auf dem Tisch. Aufstehen, waschen, anziehen, zum Gebet kommen, aber schnell!«

Wir mussten uns beeilen, die Familie saß gewiss schon am Tisch. Rasch aus den Federn schlüpfen, kurze Katzenwäsche in der Waschschüssel, Kleid überwerfen und Haare kämmen.

In Sachen Erziehung ähnelte Katharina den Erwachsenen. Zu gerne übernahm sie an solchen Tagen das Flechten unserer hüftlangen Haare. Das war eine schmerzhafte Angelegenheit. Margarete und ich bissen die Zähne zusammen. Katharina ging fast darin auf, unsere Zöpfe zu richten. Jedes Haar sollte akkurat sitzen und jedes gejammerte »Aua« wurde überhört. Sie kämmte die Haare stramm am Hinterkopf zusammen und verzierte den fertigen Zopf mit Schleifen oder Spängchen. Ich verfolgte die Haaranstrengungen mit einer gewissen Gleichgültigkeit.

Als wir die Küche betraten, saßen die restlichen Familienmitglieder schon mit gefalteten Händen am Tisch. Leise setzten wir uns dazu.

Vater las einen Text aus der Bibel und sprach das Morgengebet: »Komm, du Jesus, sei unser Gast und segne, was du uns bescheret hast. Amen.« Gemeinsam, wie ein Familienchor, ertönte das »Amen«.

Zum Frühstück schnitt Mutter einen Kanten Brot in dicke Scheiben und bestrich sie für uns Kinder daumendick mit eingemachtem Obst oder Marmelade. Die herabtropfende Marmelade leckten wir von den Fingern ab. Wir trauten uns das nur, wenn wir dachten, keiner der Erwachsenen würde uns beachten. Sonst gab es einen strengen Blick über den Tisch. Die Eltern verlangten Ordnung und Sauberkeit, auch beim Essen.

An besonderen Tagen servierte Mutter »Tweebak«, goldbraun gebackene Doppelbrötchen aus Hefe, mit Zuckerrübensirup. Das war am frühen Morgen das Leckerste. »Tweebaks« gehören traditionell zu uns plautdietschen Mennoniten. Ich backe sie heute noch gerne nach alten Rezepten und denke an meine Kindheit. Vermutlich stammen die kleinen Brötchen aus niederländischen Hafenstädten, wo sie, getrocknet und geröstet, als Schiffsproviant dienten.

Nach dem Frühstück begann im Haus eine allumfassende Geschäftigkeit. Mutter kleidete uns für die Schule an, ermahnte uns mit erhobenem Zeigefinger, brav zu sein und auf Lehrer und Priester zu hören. Anschließend kümmerte sie sich um Samuel.

Vater und Johannes ließen von Fjodor die Kutsche anspannen und machten sich auf den Weg, um Tischlerarbeiten auf nahen Gutshöfen durchzuführen. Großvater und der Knecht wirtschafteten auf dem Hof oder erledigten Feldarbeiten. So hatte jedes Familienmitglied bestimmte Aufgaben.

Margarete und ich schlenderten mit Tornister und Schiefertafel im Gepäck zur Schule. Einerseits freute ich mich, Lesen, Schreiben und Rechnen lernen zu dürfen. Andererseits blieb dadurch weniger Zeit zum Spielen mit meinen Freundinnen.

Die Schule stand mitten im Ort. Ein roter Ziegelbau mit hohen Fenstern. Ein breites Hauptportal diente als Eingang. Im vorderen Teil lernten wir jüngeren Schüler der ersten Klassen, im hinteren Teil die älteren Kinder der vierten und fünften Klassen. Jahr für Jahr eroberten wir ein neues Klassenzimmer.

Zu meiner Zeit unterrichteten die Lehrer Jungen und Mädchen getrennt voneinander. Jede Gruppe bekam gesonderte Aufgaben. Der Unterricht verlief reibungslos. Wir wagten kaum, uns im Flüsterton zu unterhalten.

Brav saßen wir auf den harten Holzbänken, die Hände gefaltet auf der Tischplatte. Unaufgefordert sprachen wir kein Wort. Lediglich nach Handzeichen und Aufforderung des Lehrers war das Sprechen erlaubt.

Manchmal flüsterte ich trotzdem heimlich mit der Banknachbarin oder redete mit besserwisserischen Bemerkungen einfach drauflos. Wenn ich heute daran denke, ist es mir noch immer peinlich. Ich versuchte mich zu konzentrieren, aber mir gingen an manchen Tagen zu viele Gedanken durch den Kopf.

Betrat Herr Siebert morgens die Klasse, standen wir kerzengerade hinter den Bänken. Die Hände am Körper und den Blick nach vorne gerichtet, sangen wir im Chor: »Guten Morgen, Herr Siebert!«

Die Hände auf dem Rücken gefaltet, ging er bedächtig im Klassenraum auf und ab, kontrollierte Bücher, Hefte und unsere Manieren. Auf den Schulbänken lümmeln, den Rücken anlehnen, die Hände unsichtbar unter dem Tisch, das ging gar nicht. Sauberkeit, Fleiß und Achtsamkeit standen bei ihm an erster Stelle. Diese Grundsätze hatten wir zu respektieren.

Unartigkeit wirkte sich bei der Beurteilung schlecht aus. Eine Mitschülerin wagte es einmal, in der Pause nach Hause zu rennen. Herr Siebert empörte sich über die Freveltat und drohte mit einer Strafe. Strafen gab es täglich. Wer konnte schon stundenlang still, fast bewegungslos sitzen?

Ein Haupterziehungsmittel war die Strafe mit einem biegsamen Haselstock. Die Mädchen erhielten einen Schlag auf den Rücken, die Jungen Schläge auf den Hosenboden oder in die Innenhände. Das schmerzte. Im Elternhaus brauchten wir uns darüber nicht zu beschweren. Möglicherweise bekamen wir dann eine zweite Strafe durch den Vater. Die Autorität der Lehrer und Prediger galt mehr als unsere Aussagen. So saßen wir gehorsam in den Schulbänken, paukten Rechnen, Schreiben und Lesen. Bibelverse sprachen wir gemeinsam, bis wir sie auswendig konnten.

An einem Tag tuschelte ich mit meiner Freundin Lisa, während unsere Klasse gemeinsam im rhythmischen Singsang einen Text vorlas. Dabei verlor ich die Zeile aus den Augen.

Herr Siebert hielt inne, runzelte die Stirn und strich mit dem Daumen der linken Hand über den Oberlippenbart. Er kam auf mich zu und blieb neben meiner Bank stehen. Wortlos tippte er mit dem Haselstock auf den Text. Ich lächelte zu ihm hoch, um anzuzeigen, dass ich verstanden hätte. Mich traf ein scharfer Blick und der Stock klopfte heftiger auf den Text. Ich duckte mich über das Buch und sprach sofort im Rhythmus der anderen Mädchen mit.

Besondere Beachtung fand die Geschichte der Russlandmennoniten im Unterricht. Schon in der ersten Klasse machten wir Bekanntschaft mit Johann Cornies. Er wurde uns wie ein Volksheld vorgestellt. Als Sechzehnjähriger kam Johann Cornies nach Südrussland an die Molotschna. Sein Vater war Arzt bei den Nogaiern, einem Hirtenvolk in der Steppe. Johann Cornies pachtete und kaufte mehrere Landgüter, entwickelte unser Schulsystem, gründete einen landwirtschaftlichen Verein und gab sein Wissen an die Bauern weiter. Erfolgreich züchtete er Merinoschafe, hielt eine Herde roter deutscher Kühe und verbesserte die Viehrassen. Mit achtundzwanzig Jahren wurde er von der russischen Regierung wegen seiner außerordentlichen Fähigkeiten zum »Bevollmächtigten aller Mennoniten« ernannt. Er galt als glänzender Organisator, Kulturreformator und sorgte ebenfalls für die Bepflanzung der baum- und strauchlosen Steppe. Schon im Jahre 1845 gab es an der Molotschna über fünfhunderttausend Obst- und Waldbäume und fast dreihunderttausend Maulbeerbäume. Die Bepflanzung sorgte für die Boden- und Luftfeuchtigkeit.

Fast jeder Junge aus unserer Schule wollte wie Johann Cornies sein. In jedem Klassenzimmer hing eine Abbildung von ihm.

Der Letzte der Familie Cornies ist von den Machnowzen auf freiem Felde grausam umgebracht worden. Es gruselt mich heute noch, wenn ich an diese Geschichte denke. Jahre später begegnete uns der Rebell Nestor Machno persönlich. Er ritt mit seinen Schergen auf unseren Hof, um Pferde zu stehlen. Ein Erlebnis, das für uns alle mit Angst und Schrecken endete.

Herr Siebert konnte gut mit den russischen Beamten, die

regelmäßig unsere Schule kontrollierten. Er sprach Russisch und verhandelte, bei steigenden Bedrängnissen durch die Regierung, für die Schule. Die Russen planten, alle Fächer, außer Deutsch, in ihrer Sprache zu unterrichten. Es gab aber keine deutsch-russischen Lehrer. Daher lernten wir weiter alles auf Deutsch. Außerhalb der Schule und zu Hause sprachen wir, wie alle Mennoniten, Plautdietsch.

In unserem Schulsystem war die »Fünf« die beste Note, die schlechteste die »Eins«. Einmal kam ich mit einer »Eins« nach Hause.

Großvater saß am Küchentisch und schrieb mit Feder und blauer Tinte Psalmen und Gebete aus der Bibel ab. Mit glasklarer Schrift notierte er Texte für die sonntägliche Betstunde. Die Anfangsbuchstaben formte er mit Schnörkeln aus. Ich schaute ihm über die Schulter.

»Großvater, darf ich etwas sagen?«

Er rückte die stählerne Brille auf der hageren Nase zurecht und sah mich an.

»Ja, hast du Sorgen?«

»Ich habe eine Eins in Schönschrift von Lehrer Siebert bekommen.«

»So, hast du nicht genug geübt?«

Ich fing an zu weinen. »Doch, aber …«

Er beugte sich vor und drückte fest meine Hand.

»Ab heute übst du fleißig und bringst keine schlechten Noten mit nach Hause. Versprichst du das?«

»Ja, ich will ganz fleißig sein.«

»Das ist löblich. Damit machst du uns allen eine große Freude. Jetzt setz dich zu mir. Ich zeige dir, wie du mit der Feder ordentlich schreiben kannst.«

Die nächste Note würde besser ausfallen. Das schwor ich

hoch und heilig. Ein gemeinsames Gebet beendete schließlich das Zensurengespräch.

Wir wuchsen in einem geschützten Familienzusammenhang auf, der uns für die Geschehnisse in der Zukunft festigte und stark machte. Gemeinsamkeit, Fleiß, Sauberkeit und Pflichterfüllung – Werte, die wie verlässliche Wände das Zuhause umrahmten.

Nach jeder Mahlzeit sprach Vater das Schlussgebet. Wir Mädchen räumten mit der Magd den Tisch ab. Danach gingen wir in unser Zimmer und erledigten die Schularbeiten. Vorher durften wir nicht zum Spielen hinaus.

Die Erwachsenen beschäftigten sich unterdessen mit ihrem Tageswerk. Mutter saß in der Alltagsstube und bereitete einen Bibelnachmittag vor, die Großeltern zogen sich in ihre Schlafstube zurück. Vater saß bis zum Nachmittag in der Schreibstube über Plänen und Rechnungen. Keines von uns Kindern wäre je auf die Idee gekommen, ihn dort zu stören.

Unsere bunt bemalte hölzerne Schlaguhr läutete mit ihren schweren Messingpendeln die Nachmittagszeit ein. Diese hohe Standuhr mit halbkreisförmiger Krönung wurde von Generation zu Generation vererbt. In der Ukraine gab es damals mehrere mennonitische Uhrenhersteller.

Jahre später, als wir im Internierungslager lebten, holten die Russen alle wertvollen Dinge aus den Häusern. Aus unserer Stube nahmen sie die Schlaguhr mit. Mutter trauerte lange um diese prächtige Uhr, die sie von ihren Eltern geerbt hatte.

Am häufigsten traf ich mich nachmittags mit meinen Schulfreundinnen Lisa und Marie. Aber nur, wenn keine

Hausarbeit zu erledigen war und auch keine Betstunde oder
Gesangsstunde stattfand. Dann hatten wir frei und rannten
über die Wiese, hockten an geheimen Plätzen zusammen,
vertrauten uns Geheimnisse an. Wir unterhielten uns über
Gott und alles, was Sünde war. Ich konnte nicht verspre-
chen, mein ganzes Leben lang brav nach der Bibel zu leben.
Meine Kindheit war unzählige Male von kleinen Lügen
und Ungehorsam geprägt. Ich wurde oft in Versuchung ge-
führt, etwas Unartiges zu tun.

Auf dem Schulweg gingen wir brav und gehorsam neben-
einander her. Die Nachbarn dachten gewiss: »Was für an-
ständige Mädchen!«

Ich bemühte mich auch täglich, anständig zu sein, aber
es kam manchmal etwas dazwischen. Meinen Freundinnen ging es nicht anders als mir. Auch sie versuchten,
die eng gesteckten religiösen Normen an einigen Tagen
abzulegen.

Der Besuch der wöchentlichen Betstunden im Schulraum
bei Herrn Willems war Pflicht. Wie im Chor sagten wir
Bibelpassagen auf und unser Prediger schlug mit einem
Stöckchen den Takt.

An einem warmen Sommertag hatte ich keine Lust zum
Beten. Ich dachte mir, dass es mit Sicherheit nicht auffallen
würde, wenn ich einmal die Stunde schwänzte. Wie befreit
rannte ich an den Molotschnafluss und spielte den ganzen
Nachmittag mit den Russenkindern.

Mit schlechtem Gewissen besuchte ich die nächste Betstunde. Nach dem gemeinsamen »Guten Tag, Herr Willems« und einem Gebet nickte er kurz und wir setzten uns
brav in die Stuhlreihen.

»Elisabeth Luise, nach vorne!«, hörte ich die energische Stimme des Predigers.

Ich zuckte zusammen und schlich gehorsam zur Kanzel. Herr Willems schaute mich streng über die Brillengläser an.

»Muss ich mit deinen Eltern sprechen? Fehlzeit in der Betstunde!« Drohend stand er vor mir, schob mir seine knochige Hand unter das Kinn und zwang mein Gesicht in die Höhe.

Wir schwiegen uns an. Herr Willems stand unbeweglich wie aus Holz vor mir. Das Blut hämmerte in meinen Adern. Im Betraum herrschte absolute Stille, als wären wir allein.

»Lüge und Ungehorsam. Ich höre!«, prasselte es von oben auf mich herab. Ich verzog keine Miene und wippte mit den Füßen. Er starrte mich an.

»Ich habe mich erkältet«, flüsterte ich und kaute auf der Unterlippe herum.

»Ja, das halte ich für durchaus möglich!« Wieder schwieg er. Schließlich zuckten seine Mundwinkel. »Einen Psalm Davids bis zur nächsten Stunde auswendig lernen!«

»Jawohl, Herr Willems.«

»Setzen!«

Hoffentlich würde er nicht mit meinen Eltern sprechen.

»Der Herr ist mein Hirte; mir wird nichts mangeln.

Er weidet mich auf grünen Auen und führt mich zu stillen Wassern.

Er erquickt meine Seele; er führt mich auf rechter Straße um seines Namens willen.

Und ob ich schon wanderte im finstern Tal, so fürchte ich kein Unglück, denn du bist bei mir; dein Stecken und dein Stab, die trösten mich.

Du bereitest vor mir einen Tisch angesichts meiner Feinde; du hast mein Haupt mit Öl gesalbt, mein Becher fließt über.

Nur Güte und Gnade werden mir folgen mein Leben lang und ich werde bleiben im Haus des Herrn immerdar.«

Ich wollte alles wiedergutmachen, zu Hause freiwillig Geschirr abwaschen, Eier sammeln, Holz holen und auf Samuel aufpassen.

Leider hatte ich bald keine Lust mehr zum Abwaschen und Holzholen. Im Hühnerstall fielen mir die Eier aus dem Korb. Das freute die Katze und Mutter schimpfte über meine zwei linken Hände. Ansonsten taten alle so, als wäre nichts passiert. Herr Willems hatte meinen Eltern wohl nichts erzählt.

Tage später kam ich unbekümmert aus der Schule und verschwand nach dem Mittagessen rasch ins Dachzimmer.

Plötzlich stand Vater auf der Türschwelle und sagte nur ein Wort: »Betstunde!«

Das hieß für mich: Strafpredigt unter vier Augen in der Schreibstube.

Dort roch es nach Papier, Büchern und Pfeifentabak. Hinter Türmen von Zeichnungen, Plänen und Geschäftsunterlagen schaute Vater mich grimmig an. Ich fühlte mich winzig und mochte den Kopf kaum anheben.

Kleinlaut, mit eingezogenen Schultern, trat ich von einem Bein auf das andere, faltete die Hände hinter dem Rücken und betrachtete den Fußboden.

Endlich, nach einigem Zaudern, erhob Vater die Stimme und schimpfte drauflos: »Das war das erste und letzte Mal, dass eine meiner Töchter die Betstunde schwänzt! Haben wir uns verstanden?«

Mir wurde flau im Magen. Ich schwieg und wartete die Standpauke ab. Er schlug mich nie, aber eine lange Predigt über Fleiß und Gehorsam war mir sicher.

»Heute will ich dich nicht bestrafen. Aber passiert es noch einmal, geht kein Weg an einer Strafe vorbei!«

»Ja, Vater, ich will immer brav und gehorsam sein.«

»Gut, nun höre: Jedermann sei Untertan der Obrigkeit, die Gewalt über ihn hat. Denn es ist keine Obrigkeit außer von Gott, wo aber Obrigkeit ist, ist sie von Gott angeordnet. Wer ihn nicht kennt und getan hat, was Schläge verdient, wird wenig Schläge erleiden. Denn wem viel gegeben ist, bei dem wird man viel suchen, und wem viel anvertraut ist, von dem wird man umso mehr fordern. Amen.«

»Amen«, flüsterte ich und verließ rasch das Zimmer. Glück gehabt.

Oft trödelten Margarete und ich zur Schule, als hätten wir alle Zeit der Welt. Unsere Schuhspitzen wirbelten staubige feine Sandwölkchen hoch. Der leichte Wind trug sie durch die Luft und warf den Sand zurück auf die Straße. Auf dem Schulhof angekommen, mussten wir uns sputen. Die anderen Kinder marschierten schon Hand in Hand im Gänsemarsch in die Klassen. In den ersten Stunden gab es Musikunterricht. Musik festigt die Gemeinschaft. Das war die Meinung des betagten Gesangslehrers Herr Richert. Wir gaben uns Mühe, mehr laut als harmonisch zu singen. Gerührt schwang Herr Richert seine knochigen Hände im Takt. Aufgeregt nahm er die Brille ab, wischte sich mit rascher Handbewegung über die Augen, setzte die Brille wieder auf und dirigierte weiter. Hustete jemand oder kam aus dem Takt, zischte er ein strenges »Sch, Sch!«.

Beinahe hätten wir laut losgeprustet. Wir senkten lächelnd und verschämt die Köpfe. Im Unterricht der anderen Lehrkräfte ging es energischer zu.

Die Glocke läutete die Pause ein. Erlöst rannten wir lärmend aus den Klassen. Sofort wurde unser wildes Treiben von einem Aufsichtslehrer gestoppt und die Mädchen von den Jungen getrennt. Erst nach Schulschluss rannten wir befreit und gemeinsam nach Hause.

Es gab Tage, da mischten sich die Dorfburschen auf dem Heimweg unter uns Schulmädchen. In der Schule und im Bethaus waren wir streng voneinander getrennt, aber jetzt wurde getuschelt und gelacht. Plötzlich zogen uns die Jungen an den Zöpfen und rissen uns die Schleifen oder Spangen aus dem Haar. Das waren dumme Streiche. Saßen die Haare nicht ordentlich, gab es zu Hause garantiert Ärger.

Ein größerer Junge fiel mir sofort auf. Beim »Zöpfeziehen« mischte er nicht mit, sondern vertrieb die anderen Jungen und begleitete uns ein Stück auf dem Heimweg.

Er hieß Juri Bruks, der Sohn des Schmiedes im Ort. Ich fand ihn genauso nett wie meinen Bruder. Wir beide ahnten damals nicht, dass wir unsere Wege in Deutschland gemeinsam gehen würden.

Einige Male bummelte ich nach Schulschluss mit den anderen Mädchen nach Hause. In der Mittagshitze der Sommermonate arbeitete kaum jemand in den blühenden Vorgärten. Mit dem streifenden Wind verspürten wir eine leichte Kühle.

Man erwartete uns zu Hause, das wussten wir genau. Aber es gab viel zu erzählen. Der Oberschulze fuhr in einer eleganten Droschke und mit wohlgenährten Pferden an uns vorbei. In den Dörfern hießen die Bürgermeister Dorfschulzen. Die Leitung hatte der Oberschulze. Bei Bagatelldelikten hatten beide Gerichtsgewalt und die Aufsicht über Schule, Straßen- und Armenpflege.

»Ab nach Hause, eure Mütter warten!«, rief der Dorfschulze uns im Vorbeifahren zu und drohte mit dem erhobenen Finger. Zeit, das Schwatzen einzustellen und rasch nach Hause zu laufen.

Die Winterzeit kam und mit ihr die Weihnachtszeit. Noch schienen die gewalttätigen Unruhen nicht näherzukommen. Wir freuten uns auf das Weihnachtsfest. Besonders interessierte mich in der Schule das vorweihnachtliche Wünsche-Aufschreiben. In einem Schreibheft notierten wir in sauberer deutscher Schrift unsere Weihnachtswünsche, verzierten die Seiten mit Golddruck und bunten Bildern. Die Hefte übergaben wir den Eltern.

Damals wurde das Weihnachtsfest anders gestaltet als heute. Eine üppige Weihnachtsbescherung gab es, trotz sicherem Einkommen, nicht. Im Haus wurde geputzt und gewienert. Aus verfügbaren Zutaten backten die Frauen Kuchen, bereiteten Zuckerrübensirup zu oder kochten Dörrobstsuppe. Geschenke wurden von den Erwachsenen selber angefertigt. Mein Bruder Samuel bekam Holzspielzeug und wir Mädchen selbstgenähte Puppen. Auf bunten Tellern lagen Pfeffernüsse. Am Heiligen Abend stellten wir Teller für das Christkind vor die Küchentür. Am nächsten Morgen lagen die Geschenke auf dem Stubentisch bereit. Über Nacht, als wir fest schliefen, war das Christkind gekommen.

Gerade zur Weihnachtszeit wurde in der Schule mehr gebetet als an anderen Tagen. Herr Siebert sprach genau wie der Prediger Willems von Vergebung. Sie warnten uns vor zu vielen Wünschen und appellierten an unseren Gehorsam.

Zum Neujahrsfest gingen die Russenkinder von Haus zu Haus, streuten Getreide vor die Türen, sprachen einen Vers und wünschten ein erfolgreiches, neues Jahr. Mutter verteilte Pfeffernüsse an die Kinder. Das Getreide durften wir nicht wegfegen, da sonst, nach russischem Glauben, Unglück ins Haus trat.

Der Winter schuf Leid und Freude. Schneewehen versperrten Straßen und Wege. Den ersten Winter mit meterhohem Schnee lernte ich allerdings erst in Deutschland kennen. An der Molotschna trugen stürmische Ostwinde den Schnee fort und jagten ihn landeinwärts. Glitzernder Reif bedeckte Dächer, Scheunen und Zäune. Die Eiskälte hielt Münsterberg unbarmherzig im Griff. Bei Tagesanbruch zog weißer Frostdunst heran. In den kalten Ställen rumorte das Vieh in den Ketten. Fjodor ging an diesen Tagen nie ohne Pelzmütze und umgehängtes Schafsfell, als Schutz vor der schneidenden Kälte, in den Stall.

Aus den Kaminen stiegen Rauchsäulen senkrecht in den Himmel. Hinter den Fenstern das Flackern brennender Öfen. Nachts hörten wir die Wölfe in der Steppe schaurig heulen.

Überzuckerte Eiskristalle verzierten die Zimmerfenster. Die Federbetten hielten uns warm und niemand wollte aufstehen, um sich im kalten Zimmer anzuziehen. Lieber in der Eisblumenträumerei liegen bleiben und warten, bis die Magd die Öfen angeheizt hatte.

Margarete krabbelte vor mir aus den Federn und hauchte ein kleines Guckloch mitten in die Kristallblumen hinein.

Ein gehauchtes, umrandetes Monokel, mit Blick in den grauen Winterhof.

Neugierig stand ich auf und wollte durch das Monokel schauen, doch es war längst wieder verschlossen. Mein Frieren konnte ich sehen. Die Kälte ließ den Atem dampfen und es kribbelte in der Nase.

Erneut hauchte ich das Guckloch blank und erwischte mit einem Blick Großvater und Fjodor, die frierend aus dem Stall kamen. Die Mützen tief über die Ohren gezogen, rieben sie sich die Hände zum Aufwärmen und freuten sich auf die warme Küche.

Spätestens Anfang März schmolz der Schnee. Kleine Eisschollen kreiselten im Fluss und scheuerten aneinander. Der Fluss trat regelmäßig über das Ufer und überschwemmte das Molotschnagebiet.

Das Schmelzwasser tropfte, begleitet von warmen, feuchten Steppenwinden, von den Dächern. Mucksmäuschenstill, wie in Watte gepackt, lag alles im Dunst. Man könnte meinen, alle Bewohner hätten das Dorf verlassen. Hinter den Häusern glänzten feuchte Ackerflächen. Sie schienen im Sonnenlicht zu dampfen. Pferdehufe versanken auf den matschigen Straßen. Die Tiere der Steppe versteckten sich noch wintermüde in den Wäldern und in kleinen Schluchten.

Im Frühjahr wurden Margarete und ich nach der Schule zur Hausarbeit herangezogen oder wir mussten auf den kleinen Samuel aufpassen. Spaß machte es uns nicht. Lieber hätten wir unsere freie Zeit zum Spielen genutzt. Die Familie meinte allerdings, alle müssten zum täglichen Leben ihren Beitrag leisten. Eine erfreuliche Aufgabe war es, die Kühe auf die umliegenden Wiesen zu treiben. Da blieb Zeit genug, um die Gegend zu erkunden.

Wir beobachteten Vögel, öffneten die strammen Zöpfe, rannten barfuß mit wehenden Haaren über das Gras. Weit reichte der Blick bis in die Steppe hinein. Sogar die alte Mühle im Nachbardorf konnten wir in der Ferne sehen. Eine Windbö warf Blätter in den Molotschnafluss. Sie kräuselten sich im Wasser und der Fluss nahm sie mit auf weite Reise.

Wir legten uns auf die Wiese, schlossen die Augen, hörten den Vögeln zu oder stellten uns Figuren am Wolkenhimmel vor. Unsere Aufgabe schien vergessen. Die Frühlingssonne schläferte uns ein.

Meine Schwester schreckte als Erste hoch. Ein schwacher Windstoß hatte Gras gegen ihre Wangen gefächert. Mit einem Ruck sprang sie auf und stieß mich an. Ein Blick genügte. Die Wiese lag hell, warm und leer vor uns. Unsere Kühe waren ausgerissen. Sie standen am Abhang bis zu den Knien im Uferschlamm und schlabberten Wasser.

Hunderte von Fliegen umsummten die Tiere. Die Kühe schlugen mit den Schwänzen, schüttelten heftig die Köpfe.

»Ho, ho, ho!«, schrien wir, rissen die Arme hoch und rannten zum Ufer. Mit einem Stock scheuchte Margarete die Kühe auf. Gemächlich stampften sie uns entgegen, ließen Fladen am Ufer fallen und trotteten zurück auf die Wiese. Das war noch einmal gut gegangen. Wir schworen uns, nichts davon zu Hause zu erzählen. Der liebe Gott hatte auf uns aufgepasst. Das erzählte uns jeden Sonntag der Priester in der Kirche.

Einmal geschah etwas Außergewöhnliches in Münsterberg. Wir sahen auf dem Schulweg ein Auto durchs Dorf fahren. Hühner und Gänse, die gemächlich über die Straße trotteten, flatterten entsetzt auseinander. Alle Münsterberger liefen zusammen und schnupperten den Benzingeruch. Ein Wagen ohne Pferde, das allein fuhr. Das war damals ganz besonders. Ein motorisiertes Fahrzeug konnten sich nur reiche Fabrik- oder Gutsbesitzer leisten. Kreischend verfolgten wir Kinder das Auto, bis es durch die Steppe davonfuhr.

1916 wurden die ersten Lebensmittel rationiert. Die Preise kletterten in unbezahlbare Höhen. Geschäfte verschlossen die Türen. Die erste Hungerwelle flutete heran.

Noch herrschte kein Mangel in unserem Haus. Vater und Fjodor gruben die Blumenrabatte im Vorgarten zum Gemüsebeet um. Mutter verstand es, aus wenigen Lebensmitteln Gutes zu kochen. Wer von den Erwachsenen die Möglichkeit hatte, sammelte Brennnesseln, Löwenzahn, Pfefferminze und Kamille zum Teekochen.

Mit politischen und beunruhigenden Vorfällen wurden wir Kinder nicht belastet. Die Erwachsenen flüsterten und tuschelten in unserer Gegenwart und beteten mehr als je zuvor. Um uns abzulenken, organisierte Vater einen Familienausflug. Mutter und Sweta packten zu solchen Anlässen einen Picknickkorb und genügend Decken auf die Kutsche. Wir fuhren nie ganz weit in die Steppe hinein, sondern blieben innerhalb unseres Gebietes.

Die Sonne schien strahlend und warm, als ob sie spürte, dass unser Abschied näher rückte. Mit dem Wind zog ein würziger Geruch heran.

Schon die Kutschfahrt war ein Erlebnis für uns. Zwischen dem kargen Baumbewuchs zerteilten zahlreiche schmale Flüsse das Molotschnagebiet wie einen Kuchen. Der erste Steinklee leuchtete gelb im Lehm der Flussebenen. Zu gerne hätte ich mich ins Ufergras geworfen, dem Wasser zugehört, Wolken betrachtet und geträumt.

Der Molotschnafluss führte im Frühling und im Herbst Hochwasser mit sich. In sehr heißen Sommern trocknete das Flussbett an einigen Stellen aus. In kalten Wintern gefror das Wasser bis auf den Grund.

In der Ferne tauchten bewaldete Täler auf, die einer Wildnis glichen. Ringel- und Wildgänse schnatterten am Himmel.

An diesem Tag hieß unser Ziel »Kolonistenberg«, eine Anhöhe am rechten Flussufer der Molotschna. Auf der Berghöhe genossen wir, genau wie die ersten Siedler, einen endlosen Blick über die baum- und strauchlose Landschaft.

Am 8. März 1917, noch während des Ersten Weltkrieges, begann die Februarrevolution und meine Eltern hörten das erste Mal von einem Landenteignungsgesetz des Zaren Nikolaus II. Binnen weniger Monate sollten Grundbesitzer ihre Güter verkaufen. Dieses Gesetz hatte der Zar eigenhändig unterschrieben. Das konnten wir nicht glauben. Deutscher Landbesitz wurde damit für null und nichtig erklärt.

Rasend schnell, wie ein Lauffeuer, verbreitete sich die nächste furchtbare Nachricht. Der Zar verzichtete auf seinen Thron und dankte ab. Mit seiner Familie verbannte man ihn nach Sibirien. So ging nach über dreihundert Jahren die Herrschaft der Zaren zu Ende. Diese Situation hatte auch für uns Mennoniten Folgen. Die deutsche Bevölkerung durfte keine Versammlungen mehr in Privathäusern abhalten. Mit der wachsenden Deutschfeindlichkeit wuchs die Russifizierung.

Im Oktober 1917 überschnitten sich der Ausbruch der blutigen Revolution und die Kriegsgräuel des Ersten Weltkrieges. Die Bolschewiki übernahmen die Macht. Das Duell zwischen Arm und Reich galt als eröffnet. Das Land versank im Chaos mit einer ungewissen Zukunft. Es folgten die ersten Zwangsenteignungen. Bei der russischen Bevölkerung schürten die Bolschewisten unglaubliche Ängste. Sie hörten, dass der wachsende Grundbesitz der Deutschen für Russland eine Gefahr bilde. Das Damoklesschwert schwebte ebenso über den mennonitischen Siedlungen. Einige Siedler beriefen sich aussichtslos auf ihre holländische Abstammung. Es half nichts. Für die Sowjetregierung hatten alle Siedler eine deutsche Abstammung.

Die Aufständischen verfolgten christliche Kirchenleute und ermordeten sie grausam. Was nicht requiriert oder zerstört wurde, ging an die bolschewistischen Machthaber. Neu gebildete Kolchosen zogen tausende russische und ukrainische Arbeiter an.

Besitztum galt in ihren Augen als Diebstahl. Wohlstand als Verbrechen. Das Land gehöre der Allgemeinheit und nicht dem Einzelnen.

Schwer bewaffnete Rotgardisten fielen in den Dörfern ein. Unter Androhung, alle Bewohner umzubringen, stahlen sie Bekleidung, Möbelstücke, Schmuck, Nahrungsmittel, Vieh und vieles mehr. Wagen um Wagen fuhr mit dem Eigentum der Siedler fort. Was nicht requiriert, geraubt oder zerstört wurde, ging direkt an die bolschewistischen Machthaber.

Die Erwachsenen sprachen von Zivilinternierung, Volks- und Reichsdeutschen. Fremde, unverständliche Worte.

Bereits Mitte September hieß es Mobilisation für die mennonitischen Männer. Dienst an den Waffen kam nicht in Frage. Sie leisteten Sanitätsdienst an der Front ab. Von der Sammelstelle des »Roten Kreuzes« in Jekaterinoslaw verteilte man die Sanitäter in alle Teile Russlands. Johannes hatte Glück und wurde in der Kreisstadt als Sanitäter eingesetzt.

Katharina arbeitete tagein, tagaus im Stadtkrankenhaus. Während der Kampfhandlungen pflegten die Mennoniten Verwundete und Kranke. Unzählige Soldaten verdankten den Schwestern und Brüdern ihr Leben.

Eine kurze Ruhepause trat ein, als deutsche Truppen in die Ukraine einrückten. Wir bekamen einen jungen Mann mit Namen Emil Sanders als Hilfskraft zugewiesen.

Der Weber Emil stammte aus Sachsen. Er war ein lustiger Bursche und spielte von Zeit zu Zeit mit uns Kindern. Fleißig verteilte Emil Spitznamen. Meine Schwester Katharina nannte er scherzhaft »die Hausfrauliche«. Margarete hieß »der Lockenkopf« und zu mir sagte er »Trotzkopf« oder »Barischna«, die Herrin.

Später, in Deutschland, versuchte mein Vater, mit ihm in Verbindung zu treten. Leider ohne Erfolg.

Kaum waren die deutschen Truppen fortgezogen, kamen noch dunklere Zeiten auf uns zu. Der Bürgerkrieg wogte auf und ab. Der Hass der russischen Nachbarn wuchs.

Vor dem Ersten Weltkrieg gab es in Russland fünfzig mennonitische Siedlungen und über hundertzwanzigtausend Ansiedler. Im mennonitischen Besitz befand sich eine

Landfläche von circa siebenhundertfünfundzwanzigtausend Hektar. Dafür hatten die Vorfahren gekämpft und gelitten. Der Grundsatz der Wehrlosigkeit war den Mennoniten stets heilig. Als Christ sollst du den Feind nicht hassen, sondern ihn lieben, selbst wenn er dir Leid zufügt. Darin sehe ich die geschichtliche Bedeutung des Mennonitentums.

Plünderungen, Verwüstungen und Flecktyphus, durch Läuse übertragen, kamen schleichend auch in Münsterberg an. Hunger, Neid, Missgunst und Verdächtigungen gesellten sich dazu. Während der Hungerjahre und der Typhusepidemie starben unzählige Menschen, sie rissen große Lücken in die Gemeinschaft.

Jeden Tag sprach Vater uns Mut zu. Bald würde es wieder aufwärtsgehen. Einige Mennoniten versuchten, nach Sibirien oder Kasachstan auszuwandern, und scheiterten.

Die kriegerischen Auseinandersetzungen nahmen grauenhafte Ausmaße an.

Spätabends, sobald die Familie zur Ruhe kam, ging Vater um Haus und Scheune und sperrte alle Türen sicher zu.

An einem Sonntagnachmittag hielten wir Bibelstunde in der Stube ab. Vater las Bibeltexte vor. Mucksmäuschenstill hörten Katharina, Margarete und ich zu. Mutter und Großmutter stickten an einer Decke, Samuel spielte plappernd auf dem Teppich. Alles schien friedlich, bis wir die Hoftür poltern hörten.

Fjodor stürmte herein und brüllte angsterfüllt: »Sie kommen! Sie kommen!«

Die Erwachsenen sprangen auf. Ein Stuhl kippte krachend um. Mutter schrie: »Schnell, schnell, nach oben und versteckt euch unter den Betten!« Katharina fasste Margarete und mich mit angstverzerrtem Gesicht an den Händen und zog uns hastig die Treppe hinauf. Panisch rutschten wir unter die Betten, drängten uns mit dem Rücken dicht an die Wand. Mutter und Großmutter flüchteten mit Samuel ins Schlafzimmer. Vater und Großvater liefen auf den Hof und sahen den Reitern entgegen.

Schwarz-graues Getümmel am Horizont. Wie ein apokalyptisches Heer wälzten sie in einer Wolke aus Staub und Erde heran. Ein Höllentor schien sich zu öffnen. Preschende Hufe hielten wie ein tosender Sturm auf das Dorf zu. Die ersten Gestalten brachen, tief über die Hälse ihrer Pferde gebeugt, aus der Masse.

Nestor Machno und sein gefährliches Heer. Ihr mörderischer Ruf eilte ihnen meilenweit voraus.

Da unser Gehöft nahe der Steppe stand, sprengten die barbarischen Reiter zuallererst in unser Hoftor hinein. Die Machnowzen sprangen von den Pferden, stürmten sofort mit gezogenen Gewehren auf Vater zu. Sie schlugen auf ihn ein und drängten ihn zur Seite. Wir hörten die schweren Stiefel auf den Treppenstufen und wagten vor Angst kaum zu atmen.

Türen knallten, Glas splitterte, Möbelstücke krachten zu Boden. Halb benommen folgte ich dem Stimmengewirr. Mordgierige Gesichter beugten sich herab. Schmierige Hände zerrten uns an den Haaren unter den Betten hervor. Neben mir stieß Margarete spitze Schreie aus und versuchte, die greifenden Hände wegzuschlagen. Die Männer prügelten uns die Treppe hinab, durch die Küche, schließlich vor die Tür.

Zu Tode verängstigt und eingeschüchtert standen wir auf

den Stufen. Mutter, mit Samuel auf dem Arm, Großmutter und Sweta liefen panisch und vor Angst zitternd auf den Hof.

Wie blutgierige Wölfe ihre Beute umkreiste die Horde uns mit gierigem Blick. Der Schreck saß uns regelrecht im Nacken. Vater stand mit versteinertem Gesicht und schweißnassem Hemd Machno gegenüber. Furchterregende Spannung und der Geruch des Todes lagen in der Luft. Die Zeit stand still. Alltägliche Geräusche auf dem Hof erloschen.

Machno beugte sich aus dem Pferdesattel zum Vater. Heuchlerisch, mit schmeichelnder Stimme, süß wie eine Melodie, sprach er auf ihn ein: »Seht, gnädiger Herr. Da ritt ich tagelang durch die Steppe, um das Land zu befreien. Nun habe ich den Bart voller grauer Haare.« Bedrohlich ruhig strich er mit der Hand über seinen schwarzen, zerzausten Bart, blickte Vater kaltherzig an und befahl mit eisiger Stimme: »Ihr aber, vorzüglich genährt, das Haus prächtig bestellt, die Familie bei guter Gesundheit, habt sicherlich ein paar vorzügliche Pferde im Stall, die ihr mir ausleiht. Außerdem sind reichlich Vorräte für die Kämpfer erwünscht!«

Machno strahlte kaltblütige Entschlossenheit aus. Die buschigen Augenbrauen über der breiten Nase verliehen seinem kräftigen Gesicht etwas Furchteinflößendes. Das dichte schwarze Haar fiel fast über die Augen und der stechende Blick löste Grauen aus.

Die nach ihm benannten Machnowschtschina sahen Machno stolz als ihren »Badjko« an. Der Anführer, der grausame Hinrichtungen im Namen der Revolution durchführte.

Wie ein sturmbewegtes Meer flossen die Reiter im Kampfgeiste über das Land. Sie töteten Gutsbesitzer, Priester, Lehrer und Mennoniten auf bestialische Weise.

Erfüllte man ihre Wünsche nicht sofort, mordeten, vergewaltigten, schossen sie und brannten Haus und Hof nieder. Machnos kaltblütige Ruhe war weithin bekannt und erstaunlich. Was kümmerten ihn Kugeln und Geschosse, die auch seine Kämpfer buchstäblich in Stücke rissen.

Jetzt standen Machnos Gesellen, hässlich grinsend, die Gewehre im Anschlag, um uns herum. Machno saß lauernd auf dem Pferd und spielte mit einem gefährlich schimmernden Säbel. Provozierend ließ er ihn von einer Hand in die andere gleiten.

Das scheinheilige Lächeln, der penetrante Geruch nach abgestandenem Atem, Schweiß und Kot ließ uns versteinert stehen.

Aus zornigen Augen schaute Machno uns Kinder hasserfüllt an. Mir stockte das Blut in den Adern. Mein Herz klopfte schneller und mein Magen schnürte sich zusammen. Ich hielt die schreckliche Furcht nicht mehr aus und übergab mich. Für einige Minuten schloss ich die Augen, um das Unmenschliche auszusperren.

Plötzlich knallte ein Schuss. Eine Gewehrkugel schoss gefährlich nah über unsere Köpfe hinweg. »Jetzt sterben wir alle!«, dachte ich und fing an zu schluchzen.

Ein grässlicher Gedanke. Warm und nass lief Wasser meine Beine hinunter. Ich hatte mir vor Angst in die Hose gemacht.

Wie eingefroren stand meine Schwester Margarete neben mir, presste die Zähne zusammen und riss vor Schreck die Augen auf. Ihr Kleid klebte schweißnass am Körper. Sie ballte ihre kleinen Hände zu Fäusten. Hoffentlich würde sie jetzt nicht losschreien.

Sprachlos angesichts der drohenden Gefahr, bewegte unsere Mutter stumm die Lippen. Sie sprach Gebete. Das Wimmern des kleinen Samuel in ihrem Arm durchbrach die Totenstille.

»Weib!«, herrschte Machno meine Mutter an.

Sie verstand sofort und eilte mit Großmutter in die Küche, um Samuel zu beruhigen und Vorräte zu holen.

Sweta nutzte diesen Moment und zog Margarete und mich resolut in den Hauseingang.

Ich sah Vaters totenblasses Gesicht. Ihm stand der Schweiß auf der Stirn. Er straffte die Schultern, nickte Großvater und dem Knecht wortlos zu.

Sofort eilten beide in den Stall. Einer der Machnowzen folgte ihnen und brüllte: »Schnell, schnell, Bauer!« Mit dem Gewehrkolben schlug er über Vaters Schultern.

Die Männer führten die verschreckten Pferde auf den Hof und übergaben sie Machnos Leuten.

Die Tiere spürten die Angst und die Nervosität, wieherten und scharrten unruhig mit den Hufen. Die Machnowzen hatten Schwierigkeiten, die Zügel ruhig zu halten. Einer von ihnen, ein ehemaliger Arbeiter unserer Werkstatt, tuschelte mit Machno. Er setzte sich vermutlich für unsere Familie ein. So kamen wir glimpflich davon.

Endlich schwang sich die Horde auf die Pferde. Sie drohten noch einmal mit ihren Gewehren und stürmten mit heiserem, tierischem Gebrüll in einer dunklen Welle aus Staub und Dreck davon.

Die Eltern fielen auf die Knie, falteten die Hände zum Himmel und beteten zu Gott.

Großmutter weinte und zog uns Kinder in die Küche. Die Anspannung fiel von uns ab. Weinend fielen wir uns in die Arme.

Die Machnowzen ließen ein kleines Russenpferd zurück. Wir nannten es »Manja« und pflegten es bis zu unserer Ausreise.

Als Sohn eines russischen Kleinbauern aus Gulai-Pole (Ukraine) kannte Nestor Machno das ärmliche Leben. Sein Vater starb früh und Machno ging schon als Kind arbeiten, um die Familie zu ernähren. Er schuftete als Hirte, Tagelöhner und Metallgießer. Aufgrund terroristischer Aktivitäten verurteilte ihn ein zaristisches Gericht zum Tode durch den Strang. Da er erst 17 Jahre alt war, wandelte man das Urteil in Zwangsarbeit um. Neun Jahre, an Händen und Füßen in Ketten gelegt, blieb Machno in Haft. Die Wut gegen die Unterdrücker wuchs.

Machno beeinflusste den Bürgerkrieg entscheidend. Unter der schwarzen Fahne der Anarchie führte er als »Badjko« fast drei Jahre lang einen kompromisslosen Partisanenkrieg. In seinen Augen waren die Anhänger des Zaren wie auch die Bolschewiken, die Deutschen und andere Siedler Feinde, die ausgerottet gehörten.

Befreite Verbrecher und unzufriedene Bauern schlossen sich der nach Machno benannten Machnowschtschina an. Durch den Verlust ihres Besitzes waren sie in ihre frühere Armut zurückgefallen und rebellierten nun.

Machnos Truppen kämpften wie ein sturmbewegtes Meer. Was kümmerten ihn Geschosse und Säbelhiebe? Wie Wahnsinnige stürmten sie im Kampfgeist durch die Steppe und töteten alles, was in ihren Augen nicht lebenswert war.

Eine Schussverletzung hatte Machnos Fußknöchel zerschmettert. Das Reiten auf einem Pferd bereitete ihm starke Schmerzen. So jagte er an manchen Tagen in einem Federwagen (Tatchanki) heran.

Grausame Gerüchte aus anderen Dörfern kamen uns zu Ohren. Eines schauerlicher als das andere. Es hieß, Machno tötete vom Wiegenkinde bis zum Greis alle, die Widerstand leisteten. Wer sich rechtzeitig im Schilf des Flusses oder hinter Büschen in den Gärten verstecken konnte, kam vielleicht mit dem Leben davon. Manche flüchteten vor den Machnowzen ins nächste Dorf. Eine Familie versteckte ihre Kinder im Schornstein.

»Machno
Ein Waffenklirren noch, dann fällt ins Schloss
im Bauernhof die schwere Tür mit Krachen;
jetzt wiehern Rosse und mit rohem Lachen
stürmt in die Nacht der trunkne Räubertross.
Nun grauenvolle Stille –, leise quillt
ein Blutstrom über dunkle Männerlocken,
daneben kniet entgeistert, toderschrocken
und leichenblass ein Frauenbild.
Und plötzlich brennt die Scheune lichterloh,
die Flammen züngeln schon durch Dach und Sparren,
und Handharmonika und fernes Fahren
verklingt mit wilden Flüchen roh ...« (Fritz Senn)

Ende des Jahres 1917 erhielten wir eine entsetzliche Nachricht, die für uns absolut überraschend kam. Die Regierung hatte die Angst geschürt, alle Volks- und Reichsdeutschen würden sich mit den anrückenden deutschen Soldaten verbünden. Uns traf die Zivilinternierung, das hieß Transport in Internierungslager. Was hatten wir getan, um so bestraft zu werden?

Obwohl die Mennoniten während des Krieges und der Revolution auf russischer Seite standen, befürchtete die Regierung den Zusammenschluss der Kolonisten und deren Widerstand.

Unser Existenzrecht wurde in Frage gestellt. Plötzlich gehörten wir nicht mehr zum Russischen Reich. Waren wir nicht schon genug gestraft? Von Missernten, Hungertod, Überfällen auf Hab und Gut betroffen, lebten wir bereits am Rand der Existenz. Nun nötigten die Bolschewiki uns, das Haus zu verlassen.

Krieg und Revolution rissen Familien auseinander, trennten sie von Haus und Heimat, wüteten durch das Land und brachten furchtbar viel Leid.

Im Frühling 1918 ließen wir unseren gesamten Besitz zurück, um zwangsweise in das Internierungslager Vetluga überzusiedeln. Wir packten nur wenige Habseligkeiten ein. Ich war zu jener Zeit neun Jahre alt.

Die Kleinstadt Vetluga liegt am gleichnamigen Fluss östlich von Nowgorod, im Gouvernement Kostroma. Vater, Großvater und Johannes, der inzwischen vom Sanitätsdienst zurückgekehrt war, fuhren zuerst ab. Mutter musste sich noch um die Geschäfte kümmern. Der Dorfschulze beorderte sie beinahe täglich zu sich, um Auskünfte zu erhalten. Außerdem drangen die Banken auf sie ein. Vaters Geld steckte in der Werkstatt, in halb fertigen Bauten, für die er einen Kredit aufgenommen hatte. Die Bauherren zahlten nicht, aber die Lieferfirmen pochten auf Zahlung. Mutter hatte von Geldgeschäften keine Ahnung und war völlig überfordert. Eine furchtbare Zeit.

Nachbarn, Freunde und Verwandte mit russischer Staatsangehörigkeit halfen uns. Sie trugen den Restkredit ab. Nun durften wir den Männern in Transportzügen in das Lager folgen.

Als wir das Haus verließen, brauchten wir es nicht abzuschließen. Es wurde sofort durch die Behörden beschlagnahmt. Den Viehbestand, das gesamte Handwerkszeug verkauften die Russen auf eigene Rechnung.

Unser Hofhund »Nero« blieb bei Fjodor und Sweta. Wir verabschiedeten uns von den beiden flüchtig. Schließlich glaubten wir unbeirrt an einen kurzen Lageraufenthalt.

Die Eisenbahnfahrt im Viehwaggon nach Moskau dauerte fünf Tage und Nächte. Die Russen in den Waggons beschimpften und bespuckten uns, als sie uns als »Deutsche« erkannten. Wir hätten Schuld an der katastrophalen Lage im Land. Warum? Was hatten die Mennoniten getan, außer fleißig zu arbeiten und zu beten?

Dazu kam die furchtbare Hitze im Waggon. Es gab kaum Wasser zu trinken. Hielt der Zug auf einer Station, hoben die Erwachsenen die Kinder aus dem Zugfenster, damit sie im Gedränge nicht verloren gingen.

Die Fahrtkosten in das Internierungslager musste jeder selbst aufbringen. Obwohl wir kaum Geld besaßen, bezahlte Großmutter zusätzlich für zwei Mädchen aus unserem Dorf die Fahrt. Als Gegenleistung bewachten sie das kümmerliche Gepäck und passten auf uns jüngere Kinder auf.

Im Nebenzug wurde getuschelt, eine Frau hätte sich vor Verzweiflung mit einem Messer getötet. Eine andere Frau sei unterwegs vor den anrollenden Zug gelaufen. Solche Geschichten machten Angst und wir verkrochen uns im Stroh.

An die Eisenbahnfahrt schloss sich eine zweitägige Fahrt mit Pferdefuhrwerken an. Nach dieser Fahrt voller Strapazen, geplagt von Fliegen und Mücken, kamen wir mehr tot als lebendig im Internierungslager an.

Vater und Großvater empfingen uns am Lagertor.

Die Lageraufsicht trieb uns wie eine Herde Vieh zu einer schäbigen Baracke. Abgeblätterte graue Farbe rieselte in das verdorrte Gras. Rostige Türscharniere hingen schief im Mauerwerk. Es roch nach menschlichen Hinterlassenschaften und Schweiß. An verschmierten Tischen saßen Ärzte und Soldaten. Sie trennten die Männer von ihren Frauen und die Kinder von den Müttern. Gebrüll, Gejammer, Zurufe verschluckten die Befehle der Russen.

Ich stand mit Margarete in einer Reihe. Der Boden schwankte unter meinen Füßen und ich wimmerte blind vor Tränen. Die Neuankömmlinge mussten sich bis auf die Unterwäsche ausziehen. Eine erniedrigende Behandlung für alle mennonitischen Frauen. Die Männer winkten uns, mit angewidertem Blick, einzeln an die Tische.

»Du, Mädchen, nach vorne treten! Name und Wohnort!«, sagte einer zu mir barsch.

Ich brachte vor Angst kein Wort heraus. Die Kehle brannte und ich schluckte meine Tränen.

»Name, aber sofort!«, herrschte er mich an.

Mit blassen, kalten Lippen flüsterte ich schließlich: »Elisabeth Luise Sommerfeld aus Münsterberg.«

Ein Arzt schaute mir in Augen und Mund, auch auf den Kopf und ließ den Blick verächtlich über meinen mageren Körper gleiten. Er schien zufrieden und packte mich grob an den Schultern. »Hör auf zu heulen! Ab, in die Reihe zu deiner Familie.«

Andere hatten nicht so viel Glück. Entdeckten die Ärzte Kopfläuse, schoren die Krankenschwestern ihnen die Köpfe kahl.

Zuerst schliefen wir gemeinsam in einem Zimmer eines Arzthauses. Fünfmal sollten wir während der Gefangenschaft das Quartier wechseln.

Man transportierte uns in ein winziges Nest in der Nähe von Vetluga. Ein heruntergekommener Anbau eines russischen Bauernhauses war unsere neue Bleibe. Wir lernten das Leben der einfachen Russen in ihren Holzhäusern kennen. Läuse und Wanzen leisteten uns unvermeidlich Gesellschaft.

Den Tag unserer Ankunft vergesse ich niemals. Eine verhutzelte alte Frau, mit schmutzigen Lumpen bekleidet, öffnete uns die Tür des armseligen Holzhauses. Rauschschwaden strömten uns entgegen. Ich sah Schmutz, überall Schmutz. Einen gestampften, schmierigen Fußboden, dreckiges Geschirr, fleckige Betten und trübe Fensterscheiben, die wenig Dämmerlicht ins Innere ließen. Der Wind heulte durch das Strohdach und pfiff in den Schornstein.

Ich gewöhnte mich nie an die verräucherte Küche und versuchte, mich möglichst viel im Freien aufzuhalten. Nur dieser rauchgeschwängerte Raum war beheizt. Hier fand die Körperpflege in einer Waschschüssel am Ofen statt. Zuvor schleppten die Erwachsenen das Wasser vom Ziehbrunnen in die Küche.

Hinter dem Haus gab es einen Holzverschlag mit einer Sandkuhle, das Plumpsklo. Ich hatte ständig Angst, in die

Kuhle zu fallen und zu sterben. Im Winter war es so eisig in dem Häuschen, dass wir einen Eimer für unsere Notdurft benutzten.

Wir Mädchen fegten täglich die Räume aus und klopften die Matten vor der Tür. Alles Brennbare, auch das Fegegut, landete in dem russischen Ofen (Petschka). Ich vermute in allen dunklen Ecken des Hauses Kakerlaken. Es gab eine Menge davon, sie flitzten abends bei Kerzenschein unter den Tisch. Ich schrie jedes Mal wie am Spieß, wenn ich eine sah. Mutter versuchte mich zu beruhigen. Meine Schwestern hatten sich längst an das Ungeziefer gewöhnt.

Was war nur passiert, dass der Herr uns hierhergebracht hatte? Wie sollten wir in dieser Hütte die Zeit überstehen? War es gerecht, dass Menschen, ganz egal ob Russen oder Deutsche, in diesen erbärmlichen Verhältnissen leben mussten?

Wir schliefen alle zusammen in unseren Mänteln auf einem Strohlager und froren entsetzlich. Um uns vor der Kälte zu schützen und zu wärmen, krochen wir eng zusammen.

Zuerst verhielten sich die Russen, bei denen wir Unterkunft fanden, ziemlich ablehnend. Ihre Popen erzählten viele Schauermärchen. Aber letztendlich wohnten sie mit uns »Njemetzen«, den Deutschen, gerne zusammen.

Mutter kochte täglich Borschtsch (Rote-Rüben-Suppe) für alle. Bevor wir uns zum Essen an den Tisch setzten, schrubbte sie diesen mit Sand sauber. Benötigtes Wasser holten wir eimerweise mit der Pumpe aus dem Hofbrunnen. Wir Kinder bekamen Durchfall von dem verunreinigten Wasser und sahen mitgenommen aus.

Beeindruckt schauten die Russen zu, wie wir, trotz unseres Schicksals, fleißig arbeiteten, schwiegen und regelmäßig beteten.

Die Internierten sorgten allein für ihren Lebensunterhalt. Einige von ihnen hatten ihr Vermögen versteckt und konnten sich Lebensmittel kaufen. Der Zuschuss, den die Regierung zahlte, reichte für die Lebenshaltungskosten nicht aus. Wer von Haus aus nicht vermögend war, suchte sofort eine Tätigkeit. Mein Vater tat das Einzige, was er gelernt hatte. Er richtete im Stall eine behelfsmäßige Tischlerwerkstatt ein. Die Großeltern halfen dem einen oder anderen kranken Russen mit Hausmitteln. Ich nehme an, das war unsere Haupteinnahmequelle.

Die Bekleidung reichte Mutter von den Großen zu den Kleinen weiter. Sie änderte, nähte und flickte mit der Hand, bis der Stoff sich auflöste. Aus grober, kratzender Wolle strickte Großmutter Strümpfe und Jäckchen. Zerschlissene Pullover wurden aufgetrennt und andere Pullover oder Strümpfe entstanden. Neue Bekleidungsstücke gab es nicht.

Einige Russen hatten Mitleid. Sie schenkten uns zum Winterbeginn wattierte Jacken und Felle für das Schlaflager. Vater reparierte die Lederstiefel, bis sie beinahe auseinanderfielen. Meistens trugen wir wie die Russen wärmende Filzstiefel. Das tägliche Überleben und die Nahrungsbeschaffung standen an erster Stelle. Ordentliche Kleidung schien nebensächlich. Unser ganzes Leben hatte sich geändert. Niemand achtete mehr auf akkurate Zöpfe oder reinliche Sonntagskleidung.

Vater und Johannes organisierten in einem alten Schuppen den Schulunterricht für uns und andere mennonitische Kinder, bis ein internierter Lehrer zur Verfügung stand. Mutter und Großmutter hielten regelmäßige Bibelstunden.

In Vetluga erfuhren wir vom Ende des Ersten Weltkrieges und von der Ermordung der Romanows in Jekaterinburg. Die gefürchtete sowjetische Geheimpolizei »Tscheka« hatte den Befehl erhalten, die gesamte Zarenfamilie zu erschießen. Die Frauen hatten in ihre Kleider den Familienschmuck eingenäht, an dem die Kugeln abprallten. Schließlich wurden sie mit dem Bajonett erstochen.

Warum diese Grausamkeit? Gräueltaten und Massaker prägten die Herrschaft der Bolschewiki.

Wir klammerten uns Tag für Tag, Woche für Woche und Monat für Monat an die Hoffnung, bald nach Hause zu dürfen. Die Zeit in Vetluga zog sich quälend in die Länge.

Anfang 1920 saßen die Bolschewiki felsenfest an der Macht. Der Widerstand der Internierten wuchs, denn sie verlangten die Erlaubnis zur Rückkehr in ihre Heimat. Wie durch ein Wunder wurden wir schließlich aus der Internierung beurlaubt. Unsere Papiere hielten die Russen zurück. Sie sollten über kurz oder lang nachgeschickt werden, was natürlich nie erfolgte.

Viele Mennoniten kehrten Russland den Rücken und versuchten, in das Stammland Deutschland auszusiedeln. Andere fuhren in ihre Dörfer zurück. Zu den Letzteren gehörten auch wir.

Unser Haus in Münsterberg war beschlagnahmt und wir kamen zunächst bei Verwandten unter. Vater fuhr mehrmals in die nahe Stadt und verhandelte mit den Russen, bis wir endlich auf unser Grundstück zurückdurften.

Freudestrahlend und mit offenen Armen kam Sweta uns entgegengelaufen, sie umarmte uns herzlich.

Aber wie sahen wir aus? Ausgemergelt von Hunger und Kälte, abgemagert und mit dunklen Schatten unter den Augen. Die zerschlissenen Mäntel hingen an uns herunter, Gepäck hatten wir kaum noch. Mutter hatte den fünfjährigen Samuel in eine alte Decke gewickelt.

Zermürbt und kraftlos schlurften wir mit abgetretenen Schuhen ins Haus und sanken vor Erschöpfung weinend auf die Küchenbank. Bekannte Gerüche durchströmten den Raum. Sweta stand mit krummem Rücken vor dem Ofen und rührte in einem Topf.

»Einfache Graupensuppe, die habt ihr lange nicht gegessen. In der Not schmeckt auch das«, meinte sie.

Ich lief zu Sweta und umarmte sie heftig.

»Seid froh, dass es euch einigermaßen gut geht.«

Ja, wir waren froh, beteten und aßen gemeinsam die einfache Suppe.

Fjodor und Sweta hatten die schwere Zeit überlebt. Obwohl sie für Deutsche arbeiteten, ließen die Bolschewisten sie in Ruhe. Beide bewirtschafteten in unserer Abwesenheit den Garten, versorgten die einzige Kuh und unterhielten halbwegs den Hof.

Die Mennonitendörfer an der Molotschna litten extrem unter den verschiedenen Kampfhandlungen.

Zwei schwierige und gefährliche Jahre gingen ins Land. Wladimir Iljitsch Lenin rottete die alte Ordnung mit Stumpf und Stiel aus und ordnete Russland mit Hass und Gewalt neu. Millionen Menschen wurden entwurzelt, vertrieben, verhungerten oder flüchteten. Auch das gewohnte Leben in den mennonitischen Siedlungen nahm ein jähes

Ende. Alle Abläufe und Traditionen pausierten, als hielte jemand die Uhr an.

Die Erwachsenen versuchten, die gewohnten Zustände wiederherzustellen. Aber der Brotkorb hing nicht nur hoch, sondern verschwand ganz. Die Russen holten das letzte Vieh aus den Ställen und strichen einen immensen Teil des Saatgetreides ein. Mit dem Rest bestellten die Bauern die spärlichen Felder und holten eine karge Ernte in die Scheunen. Es fehlte an Hilfskräften. Kosaken, die sonst auf den Höfen mithalfen, gab es nicht mehr.

Überall hörten wir entsetzliche Dinge. Es war eine Zeit der Tränen und des Hungers. Für alle.

Selbst nach so langer Zeit erinnere ich mich an das Hungergefühl. Unsere Familie erlitt die ersten Hungerödeme. Ich hatte einen trockenen Mund, häufig Schleier vor den Augen und fühlte mich müde. Ich dachte: »Genauso muss sterben sein!«

Ein trockenes Stückchen Brot war der Gipfel der Glückseligkeit. Morgens und abends gab es einen Teller Wassersuppe mit Hirse ohne Fleisch oder Fett, keine Kartoffeln oder Gemüse. Mutter presste Zuckerrohr, um ein wenig Sirup zu gewinnen. Einige Siedler legten eine Seidenraupenzucht an, damit die Frauen Garn zum Nähen bekamen.

Auf den Straßen sah man keine Hunde oder Katzen mehr. Bitterarme Menschen fingen die Tiere und verzehrten sie. Auf der Krim schlossen die Priester die Toten in die Kirchen ein, um sie vor den Hungernden zu verbergen.

Bettler gingen von Hof zu Hof, um Essbares zu erflehen. In die bittenden Hände fiel kaum Brot hinein, da die gesamte Bevölkerung hungerte. Die Menschen aßen Gräser, Baumrinden, das Stroh von den Dächern vermischt mit

Lehm. In Münsterberg sah man nur noch jämmerliche, hungernde Gestalten. Überall herrschte Leid und Elend.

Auch unsere Eltern und Großeltern hungerten, klagten aber nie. Umso mehr wurde gebetet. Doch davon wurden wir nicht satt.

Der Hass auf die Deutschen nahm zu und die Schikanen steigerten sich täglich. Nach Deutschland auszuwandern, kam für Vater nicht in Frage. Unbekannte Verhältnisse im Stammland und die Selbstständigkeit an der Molotschna hielten ihn lange zurück.

Die deutsche Sprache wurde in Gotteshäusern und Schulen verboten. Trotzdem hielt Herr Willems, als er aus der Internierung zurückkam, die Predigten überwiegend in Plautdietsch, aber auch in Deutsch.

In der ersten Predigt sprach er von Versöhnung. Es gebe keinen Frieden ohne Versöhnung. Keine Versöhnung ohne Vergebung. Keine Vergebung ohne Liebe. Keine Liebe ohne Gottes Gnade. Die versöhnende und friedensstiftende Liebe für den Neuanfang käme von Christi und mit Gottes Hilfe: »Siehe, ich mache alles neu!«

Jetzt ging es nur darum, zu überleben.

Zu den Hungerjahren gesellten sich schwarze Pocken, Flecktyphus, Malaria, Pest, Cholera und eine Grippe-Epidemie. Medikamente gab es keine. Kamen versprengte Truppen ins Dorf, griffen sie die ohnehin kargen Haushalte an und stahlen alles, was sie brauchten. Instandhaltungsarbeiten im Haus und Hof stockten, da das Geld fehlte. In unheimlicher Stille ruhte das Dorfleben und die Straßen schienen menschenleer.

Bekannte Familien aus den Nachbardörfern schafften es, nach Mittelamerika oder Kanada auszuwandern.

Ich erinnere mich, dass ich mit meinen Freundinnen »Beerdigung« spielte. In der Sandkiste hoben wir Mulden aus, legten Stöckchen hinein und häufelten Erde auf das Grab. Anschließend sprachen wir mit gefalteten Händen Trauergebete.

Die Hungersnot prägte unser Leben. Eben hatten wir ein wenig Wassersuppe gelöffelt, schon waren wir wieder hungrig.

Meine Mutter saß oft in der kleinen Stube am Spinnrad und spann. Wenn mein Bruder Samuel nach Essbarem quengelte, gab sie ihm ein kleines Stückchen Stoff, an dem er lutschte. Anschließend zog sie einen Faden, fädelte ihn in eine Nadel und gab mir ein anderes Stückchen Stoff. Ich fing an zu stichlen und ein Wunder trat ein. Für kurze Zeit vergaß ich meinen Hunger.

Dieses unscheinbare Erlebnis prägte mein weiteres Leben. Befand ich mich später in einer Notlage, die scheinbar aussichtslos schien, begann ich eine Arbeit. Ich denke, Arbeit hilft über Schwierigkeiten hinweg.

Kein Geringerer als der große russische Schriftsteller Maxim Gorki rief am 12. Juli 1921 die Weltöffentlichkeit in der größten Not um Hilfe an. Er machte auf das Leid seiner hungernden Landsleute aufmerksam und versuchte Nahrungs- und Arzneimittelhilfe in sein Land zu lenken. Wichtige Persönlichkeiten Sowjetrusslands schlossen sich ihm an, unter ihnen auch Lenin. Er publizierte einen Aufruf, in dem er schrieb: »Dunkle Tage brechen für das Land von Tolstoi und Dostojewski an. Das russische Volk braucht Brot und Medizin.«

Der amerikanische Politiker Herbert Hoover las den Appell und organisierte eine gigantische Hungerhilfe. Für die Ukraine setzte die Hilfe allerdings erst Ende des Jahres ein. Ich höre es heute noch, wie mein Vater sagte, hätte er von der Hilfe gewusst, wäre er nicht ausgewandert.

Im Januar 1922 preschte der Oberschulze aus Münsterberg auf seinem Pferd durch den eisigen Wind über die verschneite Steppe heran. Er galoppierte über die Dorfstraße und hielt auf unser Haus zu. Als er das Hoftor passiert hatte, riss er mit einem Ruck die Zügel stramm und brachte das schnaubende Tier zum Stehen. Ungestüm und außer Atem sprang er aus dem Sattel und schlug mit der Reitgerte heftig an das Küchenfenster.

Rasch öffnete Vater die knarrende Hintertür, flüsterte mit Fjodor und winkte den Schulzen ins Haus.

Unruhig schaute der späte Besucher nach allen Seiten, als wäre jemand Fremdes in der Nähe. Fjodor warf dem müden Pferd eine alte Decke über den schwitzenden Rücken und zog es in den Stall. Das abgekämpfte Tier witterte den vertrauten Stallgeruch und senkte, von Zaumzeug und Sattel befreit, das schäumende Maul in den Wassertrog.

Der Schulze trat in die warme Küche, zog erhitzt die Lammfellmütze vom Kopf, warf sie auf die Küchenbank und reichte Sweta den nassen Umhang. Seine breiten Schultern und der mächtige Rücken verdeckten fast die Küchentür. Einem Steppenbaum gleich, stand er gedrungen und kraftvoll mitten im Raum und begrüßte mit einer Bassstimme die Frauen.

Mutter überblickte sofort den Ernst der Lage und schickte uns Kinder in unsere Zimmer. Nur mein großer Bruder Johannes durfte bleiben. Gemeinsam falteten die Erwachsenen ihre Hände und Großvater sprach ein Gebet. Anschließend zogen sich die Frauen zurück.

Großvater zog den Tabaksbeutel hervor und reichte ihn in die Runde. Heimlich und verbotenerweise lauschten wir Kinder durch einen Spalt in der Küchentür den Worten des Besuchers.

Verbittert fing der Schulze an zu sprechen: »Man sagt, alle Deutschen werden deportiert!«

Vater wollte es genau wissen: »Wo hast du das gehört? Wer hat es angeordnet?« Er war der Meinung, die mennonitische Gemeinde müsse lediglich zusammenhalten, dann könne nichts passieren.

»Wir werden gar nicht gefragt,« antwortete der Schulze, »seit Generationen bewohnen wir das Molotschnagebiet. Aus dem kargen Boden schufen wir mit eigenen Händen, mit Verzicht, Fleiß und viel Schweiß, fruchtbares Land. Es ist so und keiner wird Rücksicht auf uns nehmen.«

Großvater stopfte seine Pfeife und meinte: »Wir müssen handeln und zusammenhalten. Notfalls um unseren Besitz kämpfen!«

»Das ist gegen unsere Glaubensansätze. Es ist zwecklos. Undenkbar. Wir müssen gehen. Zurück ins Heimatland, nach Deutschland«, erwiderte der Schulze.

Vater schlug verzweifelt mit der Hand auf den Tisch: »Und die Leute im Dorf? Wollen sie alle fort? Vielleicht wechselt bald die Regierung und wir können bleiben. Die Hungerzeit ist zu überwinden.«

Die Heimat aufgeben, alles stehen und liegen lassen, das war für unsere Eltern und Großeltern unvorstellbar.

Der Schulze lehnte sich zurück: »Die Leute sind wie eine Herde Schafe. Einer muss sie lenken. Hinausführen aus der

Hungersnot, aus dem Elend! Überlegt es euch. Noch ist genügend Zeit zum Planen und Packen.«

Bis spät in die Nacht führten die Männer Gespräche. Wir hörten ihre gedämpften Stimmen oben in unseren Zimmern. Mussten wir Münsterberg verlassen? Was hatte das zu bedeuten? Vor Aufregung lagen wir lange wach.

Mutter und Großmutter hatten sich ebenfalls schlafen gelegt, nur Sweta blieb auf und trug den Männern Tee in die Küche.

Der Oberschulze galt als kluger, umsichtiger und vorausschauender Mann. Seit er den Bewohnern zur Flucht riet, lebte er jedoch auf einer gefährlichen Ebene.

Der Morgen graute schon, als er flüsternd das Haus verließ. Mit Fjodor ging er in den Stall, wo sie das ausgeruhte Pferd sattelten. Der Schulze galoppierte zum nächsten Hof, um die Neuigkeiten zu verbreiten.

In den kommenden Nächten saß Vater bis zum Hahnenschrei in seinem Zimmer. Er notierte und zeichnete auf Landkarten Linien und Wege. Oder wir sahen ihn, wie er, den Kopf über die Unterlagen geneigt, las und leicht die Lippen bewegte.

Tage später rief er uns nach dem Abendgebet zusammen. Mit aufgestützten Ellenbogen, die Finger im grau werdenden Haar, berichtete er von dem Besuch des Schulzen.

»Sie werden uns vertreiben, nach Sibirien schicken, oder wir werden hier verhungern. Es gibt kaum noch Nahrungsmittel und die Familie wird nicht mehr satt. Wir werden uns fügen und mit Gottes Hilfe Münsterberg verlassen, um in Deutschland neu anzufangen.« Er redete sich die Bitterkeit von der Seele. Nach seinen Vorstellungen sollte die

Ausreise nur vorübergehend sein. Er glaubte nicht an den Bestand der damaligen Regierungsform. Nach Ablösung der Regierung wollte er an die Molotschna zurückkehren, um seine Tischlerei, die zum Erliegen gekommen war, wiederaufzubauen.

Mutter weinte leise. Sie holte tief Luft, als versuche sie, die furchtbare Wahrheit zu verdauen. Die Vorstellung, Münsterberg zu verlassen, wollte ihr einfach nicht in den Kopf.

Nach minutenlangem Schweigen hustete Großvater, holte seinen Tabaksbeutel hervor, setzte die Füße auf den Fußhocker und sagte in ernstem Ton: »Geht ihr nur. Wir bleiben hier auf dem Hof. Das ist unser Zuhause und wir sind zu alt, um umzusiedeln. Wir bleiben hier bis zum Schluss. Das ist unsere Heimat. Ihr seid jünger, bringt die Kinder in Sicherheit. Geht, Gott sei mit euch.«

Wir Kinder weinten und hatten gleichzeitig viele Fragen, die unbeantwortet blieben. Mutter ermutigte uns und sagte mit bebender Stimme: »Zusammen sind wir stark und werden es schaffen. Ein Neuanfang in unserem Stammland!«

Im März 1922 beschloss mein Vater endgültig, mit der Familie Russland zu verlassen, um in Deutschland Zuflucht zu suchen. Im letzten Winter waren in den Siedlungen an der Molotschna über dreihundert Menschen aus der mennonitischen Bevölkerung verhungert.

Der Entschluss ist meinen Eltern, besonders meiner Mutter, schwergefallen. Galt es doch, den Großeltern, Geschwistern, Verwandten Lebewohl zu sagen, und das mit größter Wahrscheinlichkeit für immer. Unsere Eltern hofften immer noch, eines Tages zurückkehren zu können.

Das »Deutsche Rote Kreuz« führte Gespräche mit der Regierung, um die Ausreise der Mennoniten zu ermöglichen. Plötzlich ging alles sehr schnell.

Nach vielen Schwierigkeiten erfolgte endlich die Zusage zur Ausreise und das Einpacken im Hause begann. Wir Kinder durften nur eine Sache, die uns besonders lieb war, mitnehmen. Für jeden schien etwas anderes unentbehrlich. Am liebsten hätte ich alles eingepackt, aber ich glaubte, wir würden gewiss zurückkehren. Vieles war uns ans Herz gewachsen, auch Dinge von geringem Wert. Endlich entschied ich mich für eine Puppe, die mein Bruder Johannes geschnitzt hatte. Unsere Eltern verstauten Unterlagen und Vaters wichtigste Zeichnungen im Koffer. Für Mutter war ihre Taufbibel das Wertvollste.

In der Stube überlegten beide, was sie noch mitnehmen konnten. Vielleicht war es der Zufall, der sonderbar spielte und einen Hinweis in die Zukunft zeigte. Ein Sonnenstrahl leuchtete durch die Gardinen und traf das Wandbild mit Johannes dem Täufer.

Vater packte drei Federbetten, Schlittenpelze und schwere Rucksäcke auf den Wagen. Wir richteten uns auf eine wochenlange Zugreise ein. Von dem geringen eingetauschten Mehl backten die Frauen Zwiebäcke. Zwieback schimmelte nicht so schnell wie Brot.

Um ein bisschen Bargeld zu besitzen, verkaufte der Vater noch vorhandenes Tischlerwerkzeug und einige Möbel. Sein Bruder war schon Jahre zuvor ausgewandert und hatte eine Beschäftigung bei der Firma Krupp in Essen gefunden. Er lieh Vater vor unserer Ausreise eine geringe Geldsumme.

Die Familie benötigte einen Sammelpass. Zu diesem Zweck fuhren wir zu einem Fotografen in die nahe Stadt.

Für uns Kinder waren es die ersten Aufnahmen im Leben und ein aufregendes Erlebnis.

Das letzte Familienfoto in Schwarz-Weiß: Vater und Johannes stehen mit ernsten Gesichtern hinter uns. Mutter sitzt, mit Samuel auf dem Schoß, auf einem krummen Stuhl. Wir drei Mädchen schauen ängstlich in die Kamera. Gleichzeitig ließ der Großvater Erinnerungsfotos von sich und Großmutter anfertigen, die wir mitnahmen.

Beim Betrachten dieser Bilder setzt sich die Erinnerung in mir wie ein Mosaik zusammen.

Ich war gerade dreizehn Jahre alt und erlebte den letzten Frühling an der Molotschna. Die Sonne schien zum Abschied besonders hell und warm.

Sehr viele Eindrücke aus der Zeit vor unserer Abreise sind mir im Gedächtnis geblieben. Die Großeltern weigerten sich nach wie vor, die Heimat zu verlassen. Verzweifelte Versuche, sie zum Mitreisen zu bewegen, nützten nichts.

Am Abend vor der Abfahrt lag ich lange wach und wälzte mich von einer Seite zur anderen. Margarete flüsterte: »Kannst du auch nicht schlafen? Was wird wohl aus uns?« Sie fing an zu weinen.

Die Eltern liefen im Haus hin und her. Türen schlugen auf und zu. Wir hörten unsere Mutter klagen: »Ach je, es ist sinnlos. Mein Gott, alles ist so sinnlos!«

Voller Unruhe dachte ich an die kommenden Tage und hatte plötzlich Angst. Ich zitterte am ganzen Körper, presste die Lippen aufeinander und versuchte, die Tränen zu unterdrücken.

Katharina hörte im Nebenzimmer Margaretes Jammern und kam zu uns ins Zimmer, um zu trösten.

»Nicht weinen. Ihr solltet schlafen. Wir brauchen alle Kraft!«
»Warum bist du so gefasst? Hast du keine Angst, wegzugehen?«, fragte ich. »Das hier ist unsere Heimat!«

Katharina setzte sich auf meine Bettkante. »Doch, es fällt mir schwer. Sehr schwer. Andererseits gibt es im Herzen keine Kilometer und keine Grenzen. Mir ist alles recht. Ich gehorche und mache, was von mir verlangt wird. Und ich bin neugierig, was für eine Welt uns erwartet. Was sich für Möglichkeiten ergeben.«

»Und deine Arbeit im Krankenhaus? Wirst du sie vermissen?«

»Ja schon, aber Krankenhäuser gibt es in Deutschland auch. Ich finde überall Arbeit!«

Margarete tappte, immer noch schluchzend, zu uns.

Katharina wischte ihr die Tränen aus dem Gesicht und sagte: »Gott wird uns den Weg weisen, Margarete. Kommt, wir legen uns eng zusammen und halten uns fest. Der Herr wird uns und unsere Eltern schützen.«

Arm in Arm schliefen wir schließlich ein.

Morgengrauen. Schon früh stand ich am Fenster und schaute hinaus. Hinter der Scheune dämmerte es langsam. Mattes Tagesleuchten durch schiefergraue Wolken. Notdürftig wuschen wir uns und zogen uns mehrere Kleidungsstücke übereinander an. In der Küche brannte die Lampe trüber als sonst und warf dunkle Schatten über den Tisch. Sweta stand am Ofen und bereitete uns das letzte bescheidene Mahl hier im Hause.

Wie ein flüchtiger Besuch saßen die Großeltern mit Fjodor und den Eltern auf der Bank. Sie sprachen sich leise gegenseitig Mut zu.

Ich höre noch Vaters Worte: »Möge Gott uns beistehen. Wir brauchen alle Kraft. Er wird uns helfen und beschützen. Amen!«

»Amen!«, sprachen wir gemeinsam.

Hunger verspürten wir alle nicht, aber wir aßen, da wir Kraft brauchten.

Nach dem Frühstück zogen wir ruhig unsere Mäntel an. Dick eingepackt und fast unbeweglich setzten wir uns wieder schweigend an den Tisch. Wie Fremde im eigenen Haus.

Vater sprach das letzte Gebet: »Danke, dass du bis jetzt unsere Wege beschützt hast. Wir geben uns in deine Hände. Es soll so sein. Wir lieben dich. Amen!«

»Amen!«

Kein weiteres Wort wurde gesprochen.

Fjodor und Sweta hatten schon alles für unsere Abreise vorbereitet. Vater erhob sich als Erster und dankte den beiden: »Jetzt müssen wir fahren. Gebt euch die Hände. Wir trennen uns nicht für eine Ewigkeit, sondern sehen uns wieder.« Er drückte Sweta und Fjodor kräftig die Hände. Sweta drehte sich zum Ofen, damit wir ihre Tränen nicht sahen.

An der Türschwelle wandte sich Großvater noch einmal zu uns: »Alle warm genug angezogen? Ihr fahrt nicht zu einem Tanzvergnügen! Passt das Gepäck auf den Wagen? Eines Tages kommt ihr zurück!« Katharina stand neben ihm und schaute unschlüssig. Sie richtete den Blick auf unsere Eltern, dann auf unser weniges Gepäck.

Wir standen schon auf dem Hof, als Mutter ins Haus zurücklief. Sie konnte sich nicht trennen.

Vater folgte ihr und umarmte sie. Gemeinsam wanderten beide ein letztes Mal durch das leere Haus. In der Stube, wo einst die verzierten, dunklen Möbel standen, wartete einsam, mitten im Raum, der Stubentisch. Mutter wischte mit der Hand über das dicke Holz und schob die gehäkelte Decke gerade.

An den Fenstern strahlten die weißen Gardinen, Mutters ganzer Stolz. Alle anderen Zimmer schienen ordentlich aufgeräumt, als wären wir nur kurz auf Reisen. Bilder, an denen wir jahrelang vorbeigingen, hingen verwaist an den Wänden. Damit die Erinnerungen nie abrissen, hatte Vater die Familienfotos eingepackt. In den Schränken lagen viele zurückgelassene Kleidungsstücke. Mutter entdeckte in der Küche einige Strohhalme auf dem Fußboden. Eifrig holte sie einen Besen und fegte zum letzten Mal die Küche aus.

Vater schüttelte entschlossen alle zweifelnden Gedanken ab, legte Mutter die Hand auf die Schultern und mahnte, überwältigt von Gefühlen, zum Aufbruch: »Die Zeit drängt. Wir müssen uns trennen.«

Als die Eltern aus dem Haus kamen, schaute ich mich kraftlos um und speicherte alle Eindrücke in meinem Gedächtnis. Die Landschaft, den Hof, den Garten, den Weg zum Fluss, die Großeltern, den typischen Münsterberger Geruch. Wie ist man doch mit einem Stückchen Erde im Herzen verwurzelt. Meine Kinderjahre blieben an der Molotschna zurück. Jahre später träumte ich noch von diesem letzten Blick auf unser Zuhause.

»Wie werden wir enden?«, fragte Mutter besorgt.

Vater beruhigte sie: »Gott hält seine schützende Hand über uns.«

Vater nahm an, in Deutschland würde alles besser werden. Doch wie konnte er sich sicher sein? Er kannte unser Stammland nicht.

Er strich mit der Hand über das zerfallene Türschild mit unserem Namen. Die Familie Sommerfeld war nicht mehr vollständig.

Auf dem Hof stand die große Kutsche bereit. Fjodor hielt zwei geliehene Pferde stramm an den Zügeln fest. Er sollte uns zum Bahnhof Lichtenau bringen, zuvor wollten wir ein letztes Mal den Gottesdienst besuchen.

Zahlreiche Knechte und Mägde hatten bereits vor Wochen die mennonitischen Höfe verlassen. Fjodor und Sweta standen uns bis zur Abreise treu zur Seite.

Den Abschied von den Großeltern vergesse ich mein ganzes Leben nicht. Sie standen in ihrer Festkleidung vor dem Haus, als wollten sie sich feierlich von uns trennen. Großmutter neigte den Kopf, betete und weinte.

Wir saßen in der Kutsche und Großvater schaute blass zu uns hinauf. Er schluckte und räusperte sich. »Lebt wohl, ihr Lieben. Lebt wohl. Möge Gott eure Schritte in Frieden leiten und euch vor Gefahr behüten. Er bewahre euch vor allem Unheil dieser Welt. Behaltet uns und dieses wunderschöne Land im Gedächtnis. Was für eine schreckliche Zeit, aber wir sehen uns wieder!«

Fjodor schnalzte mit der Zunge und ließ die Zügel locker. Die Pferde schnaubten und zogen an.

Zusammengepfercht saßen wir zwischen dem Gepäck hinter dem Knecht. Er trieb die Pferde mit einem Peitschenschlag zur Eile an.

Sweta lief winkend bis zum Hoftor hinter der Kutsche her. Die Großeltern blieben zurück und standen wie ein

Häufchen Elend auf dem Hof. Erst als sie uns kaum noch sahen, traten sie zurück ins Haus.

Ich schloss die Augen. Wir fuhren fort mit dem Gefühl, nicht nur einen Teil unserer Familie, sondern auch ein wunderbares Leben zurückzulassen.

Das war also der Abschied. Sang- und klanglos, aber mit vielen Tränen.

Schweigend fuhren wir die verlassene Dorfstraße entlang. Neugierig schauten uns aus einigen Fenstern Menschengesichter hinterher. Eine kleine Gruppe russischer Kinder rannte kreischend neben unserem Gespann. Fjodor hob die Gerte, als wolle er zuschlagen. Die Kinder blieben lachend zurück.

An der Münsterberger Kirche stiegen wir aus. Ein letzter Gottesdienst vor der endgültigen Abfahrt. Früher fand ich den Gottesdienst manchmal langweilig und ich hätte lieber draußen gespielt. Jetzt wäre ich liebend gerne in der Kirche geblieben.

Herr Willems sprach laut und mit Inbrunst: »Großer Gott, beschütze uns!« Der Chorgesang klang herrlich wie nie:

»So nimm denn meine Hände
und führe mich
bis an mein selig Ende
und ewiglich!
Ich mag allein nicht gehen,
nicht einen Schritt;
wo du wirst geh'n und stehen,
da nimm mich mit.

*In dein Erbarmen hülle
mein schwaches Herz
und mach es gänzlich stille
in Freud und Schmerz.
Lass ruhn zu deinen Füßen
dein armes Kind;
es will die Augen schließen
und glauben blind.*

*Wenn ich auch gleich nichts fühle
von deiner Macht,
du bringst mich doch zum Ziele,
auch durch die Nacht.
So nimm denn meine Hände
und führe mich
bis an mein selig Ende
und ewiglich.«*

Herr Willems segnete uns ein letztes Mal. Wir konnten die Tränen nicht zurückhalten, weinten still in uns hinein.

Nach den letzten Worten des Predigers verließen wir das Gotteshaus und schauten nicht zurück.

Schweigend betraten wir den Friedhof, der neben der Kirche hinter einem hohen Metallzaun lag. Mehrere Kreuze standen schief, von der Zeit geschwärzt, auf den Gräbern. Die Grabsteine von Vorfahren der ersten Auswanderungswelle lagen umgeschlagen und verkrautet im Sand. Ich las unbekannte Namen.

Ein ausgetretener Pfad führte zu den Grabstellen unserer Ahnen. Mit tief gesenkten Köpfen standen wir davor, um uns zu verabschieden. Die Eltern knieten nieder. Hand in Hand beteten sie weinend:

»Vater unser im Himmel,
geheiligt werde dein Name.
Dein Reich komme.
Dein Wille geschehe,
wie im Himmel, so auf Erden.
Unser tägliches Brot gib uns heute.
Und vergib uns unsere Schuld,
wie auch wir vergeben unsern Schuldigern.
Und führe uns nicht in Versuchung,
sondern erlöse uns von dem Bösen.
Denn dein ist das Reich
und die Kraft und die Herrlichkeit
in Ewigkeit. Amen!«

Ihre Wangen glänzten nass von Tränen. Wir Kinder senkten die Köpfe, schlugen die Augen nieder und schwiegen. Ich ballte meine eiskalten Hände zu Fäusten. Eine nachdenkliche Stille breitete sich aus. Wir falteten die Hände. Es gab nichts mehr zu sagen. Kein Wort.

Mit runden Schultern und traurig standen Vater und Mutter leicht schwankend auf.

Fjodor stieß einen scharfen Pfiff aus. Das Zeichen zum Aufbruch. Wir hatten noch eine weite Reise vor uns.

Die Sonne warf schüchtern einige Strahlen auf uns und leuchtete den Weg in eine andere Welt. Bald sollten wir ein neues Zuhause in Deutschland finden, getragen von der Sehnsucht nach einem besseren Leben. Aber ich wusste, Münsterberg würde uns nicht so schnell loslassen.

Der Friedhof lag weit hinter uns, als Mutter, mit Samuel auf dem Arm, von Zeit zu Zeit unsere Hände drückte. Margarete und ich fingen an zu weinen.

»Ihr seid doch schon groß. Fast erwachsen. Da weint man nicht, sondern ist ganz tapfer.« Mutter lächelte unsicher und trocknete mit ihrem Kopftuch unsere Tränen.

Denke ich an die Vergangenheit in Münsterberg, gehen meine Gedanken ungewollt zurück und verdunkeln die Zeit der Ausreise. Nie vorher hatte ich das Dorf für längere Zeit verlassen. Nur einmal war ich mit meinen Schwestern bei einer Tante in der Kreisstadt zu Besuch gewesen. Es war so schwer, sich von Zuhause, von den Großeltern, von Hof, Nachbarn und Freunden zu trennen. Ich drehte mich noch einmal um. Münsterberg blieb wie ein Strich in der Steppe zurück.

Vater saß schweigend neben Fjodor auf der Kutschbank. Unseren Vater brachte fast nichts aus der Fassung. Doch jetzt ließ er den Tränen freien Lauf, sie hinterließen feuchte Bahnen auf seinen Wangen. Weinend verließ er mit leeren Händen den Besitz, die eigene Scholle, das Zuhause, die Heimat. Seit Generationen hatten Menschen an der Molotschna gearbeitet, sich wohlgefühlt und Familien gegründet. Dieser Landstrich saß fest in seinem Herzen.

Von allem, was ich gesehen hatte, beeindruckten Vaters Tränen mich am meisten. Schlagartig spürten wir, dass die Familie nie zurückkommen würde. Das hier war ein Lebewohl für immer.

Die beschwerlichen Steppenwege waren vom letzten Regen schlammig. Eine Belastung für die Pferde, die schwitzend und schnaubend anzogen. Wir größeren Kinder liefen zeitweise neben dem Fuhrwerk, um die Pferde zu entlasten.

Wie in Trance, mit einer Mischung aus Angst und Sorge, ging es weiter und weiter in Richtung Bahnhof Lichtenau.

Mutter hielt Samuel im Arm. Er stellte ständig dieselbe Frage: »Wo fahren wir hin? Warum fahren wir nicht nach Hause?«

Sie drückte ihn an sich, strich ihm über das Haar. »Wir verreisen und alles wird gut!« Ich spürte, wie sie zitterte.

Erschöpft kamen wir an der Bahnstation an. Die Mennoniten hatten 1910 in Lichtenau die »Tokmak-Eisenbahn« gegründet. Nicht wissend, dass Jahre später hier unzählige schmerzvolle Trennungen stattfinden sollten.

Nebelschleier hingen über der Bahnlinie. Nicht einmal die Sonne zeigte sich in ihrem gewohnten Glanz. Lange Schatten holten uns ein.

Fjodor sprang als Erster von der Kutsche und wuchtete das Gepäck auf die Straße. Vater und Mutter stiegen zögernd aus dem Fuhrwerk und riefen uns Kinder im Kreis zusammen. Aus Angst, uns im Getümmel zu verlieren, hängte Mutter uns ein Pappschild mit Alter und Namen um den Hals.

Eine geheime Spannung lag über uns. Fjodor gab zuerst Vater, dann Mutter die Hand und drückte sie fest.

»Gott behüte euch«, sagte er. »Wir sehen uns wieder!«

Vater nahm ihn in den Arm: »Passt auf Hof und Großeltern auf! Beide brauchen Fürsorge und Pflege. Ich habe euch ein wenig Geld und Schmuck auf den Küchentisch gelegt. Das ist alles, was wir euch für eure Treue geben können.« Er drückte Fjodor noch einmal und schlug ihm mit der Hand kräftig auf die Schulter.

Sonderbar, diese Zuneigung. Immerhin war Fjodor ein Russe.

Der Knecht wandte sich zu uns. Ein letztes Mal schnupperten wir den starken Tabakgeruch. Er strich uns über die Köpfe, als wolle er uns segnen, und wischte sich einige Tränen aus dem zerfurchten Gesicht. »Ihr seid tapfer und mutig. Gehorcht euren Eltern. Bis bald!«

Gemeinsam sprachen wir ein Gebet: »Großer Gott, wir loben dich und preisen deine Stärke. Amen!«

Fjodor verbeugte sich, drehte sich ruckartig um und ging mit gesenktem Kopf und schweren Schritten zu den unruhigen Pferden. Er wendete die Kutsche und fuhr, ohne sich umzuwenden, nach Münsterberg zurück.

Mutter trocknete ihre Tränen, beugte sich zu uns und lächelte, um uns aufzumuntern. Sie trug ihren weiten schwarzen Mantel mit dem warmen Pelzkragen und hatte die dicken Haare streng zu einem Zopf geflochten. Samuel hüpfte vor Aufregung, Unruhe und Angst an ihrer Hand hin und her. Die Mütze auf seinem kleinen Kopf wippte im Rhythmus mit.

Ich wusste, die Erwachsenen täuschten sich. Nie wieder würden wir das Rauschen der Molotschna hören und nach Hause kommen. Unsere Eltern sprachen uns zwar Mut zu, aber sie hofften immer noch, irgendwann wieder nach Hause zu dürfen.

Die Ausreise

Für uns begann eine Zeit des Wartens. Warten auf den passenden Zug, auf Registrierung, auf Anordnungen, auf Brot, auf menschliche Wärme. Wir hatten keine weiteren Bedürfnisse mehr, wollten nur noch an irgendeinem Ort sicher ankommen.

Der Bahnhof Lichtenau glich einem Bienenstock. Überall Mennoniten und ihre Angehörigen, die versuchten, auf diesem Weg nach Mittelamerika, Kanada oder Deutschland auszuwandern. Einige Versuche scheiterten, die Zurückgebliebenen wurden später nach Sibirien oder Kasachstan verbannt.

Auf dem überfüllten Bahnhofsplatz standen und lagen die Menschen kreuz und quer zwischen ihren Habseligkeiten. Kinder schrien, alte Leute jammerten, einige liefen verwirrt hin und her. Überall standen Leiterwägen und Kutschen, beladen mit Hab und Gut.

Vor den bereitstehenden Zügen herrschte dichtes Gedränge. In größter Eile wurden Gepäckstücke in die Waggons geworfen. Weitere Fuhrwerke und Leiterwägen rollten in einer unabsehbaren Kette heran.

Männer und Frauen schleppten Hausrat und versuchten, sich durch das Getümmel zu schieben. Verstreut lagen Wolldecken, Kleidungsstücke, Möbel, die es nicht in einen Zug geschafft hatten. Mittendrin lärmte vereinzelt verlassenes Vieh. Wenn die Tiere Glück hatten, würden die Knechte sie in die Dörfer zurücktreiben.

Die Oberschulzen der verschiedenen Orte brachten Ordnung in die verstreuten Gruppen. Wir standen mitten im Elend und wussten nicht, wie es jetzt mit uns weitergehen würde. Welchen Zug sollten wir nehmen? Gab es Zuweisungen für Familien? Vielleicht mussten wir über Nacht bleiben, aber alle Strohlager waren belegt. Ich konnte mir keinen trostloseren Ort vorstellen. Es roch nach ungewaschenen Körpern, Hunger, Verzweiflung und Leid. Überall schaute ich in von Not gezeichnete Gesichter.

Die Leute führten aufgeregt Gespräche. Niemand hörte dem anderen zu. Jeder war mit sich oder den Angehörigen beschäftigt.

»Habe ich eigentlich alle Fenster geschlossen?«, hörte ich eine Frau fragen. Es klang, als wolle sie auf einen Ausflug fahren und morgen zurückkehren.

Wegen des riesigen Andrangs am Bahnhof verbrachten wir zwei Nächte, dicht nebeneinanderliegend, auf dem Fußboden in der Zughalle.

Endlich kam die Nachricht von unserem Oberschulzen, dass ein Zug bereitstünde. Wir verluden das Gepäck und stiegen in den verschmutzten Güterwagen ein.

Die größte Sorge meiner Eltern war, die Familie könne bei der Ausreise getrennt werden, etwa wenn jemand von uns krank würde. Erkrankte Personen durften nicht in das Stammland einreisen.

Ein schrilles Pfeifen kündigte die Abfahrt des Zuges an.

Die Rauchfahne schwebte über allen Abteilen und wurde vom Wind zerrissen. Auf dem Bahnhof sangen die zurückgebliebenen Mennoniten das Lied: »Befehl du deine Wege …«

So starteten wir in die neue Welt. Voller Hoffnung, aber auch mit Traurigkeit und Ängsten im Gepäck.

In dem schaurigen, finsteren Wagen hatten die Aufseher etwa vierunddreißig Personen samt Gepäck untergebracht. Der Boden war mit Stroh ausgelegt. Überall herrschte Platzmangel. Vater schaffte es, uns die äußerste Ecke des Abteils zu sichern. Durch die dürftigen Luken in den Holzverkleidungen blies der Wind herein und Vater dichtete zwei mit Holz ab.

In der Waggonmitte stand ein eiserner Kanonenofen. Das Rohr steckte mittig im Dach. Beide Seiten des Waggons waren in der Höhe durch Holzbohlen unterteilt. Jeder Gang in der Mitte blieb für den täglichen Haushaltsablauf der einzelnen Familien frei.

Mutter breitete ihren Mantel und die Federbetten auf dem Stroh aus. Wegen des Platzmangels hielten wir uns, solange der Zug fuhr, auf diesem Schlaflager auf. Stoppte der Zug, meistens auf freier Strecke, entwickelte sich in Windeseile ein reges hauswirtschaftliches Treiben. Alle stiegen aus, um neben dem Zug zu kochen oder zu waschen.

Wir hängten unseren einzigen Topf über zwei senkrecht gestellte Ziegelsteine, darunter entfachte Vater ein Feuer. Die jungen Leute hatten schnell Gitarren und Balalaikas zur Hand. Trotz allem Leid sangen, scherzten und lachten sie.

Setzte sich der Zug, meist ohne Vorankündigung, wieder

in Bewegung, bauten die Erwachsenen rasend schnell das Lager ab. In den anfahrenden Zug reichten die Eltern ihre Kinder und Geräte hinein. Mein Bruder Johannes sprang stets als Letzter auf. Ich hatte Angst, er würde es eines Tages nicht mehr schaffen.

Vater stellte für unseren Waggon eine Art Tageseinteilung auf, vor allem in Hinblick auf die Essenszubereitung. Mit sieben Personen galten wir als größte Familie im Zug. Aus diesem Grund begann Mutter um fünf Uhr morgens mit der Zubereitung des Frühstücks am Kanonenofen. Er diente als Kochstelle und gleichzeitig Wärmespender. War die letzte Familie mit der Frühstückszubereitung fertig, begannen Mutter und Katharina das Mittagessen zu kochen.

Was wir täglich aßen und woher die Nahrungsmittel kamen, ist mir nicht mehr in Erinnerung. Meistens gab es heiße Wassersuppe und ein bisschen Reis oder saures Schwarzbrot. Einen Hülsenfrüchteeintopf stellte das »Rote Kreuz« bereit. Allerdings erlaubte Vater uns nicht, davon zu essen. Er befürchtete, dass wir nach dem Genuss des Eintopfes sicherlich an Ruhr erkranken würden, da wir so geschwächt waren. Andere Reisende im Zug bekamen von den Suppen Durchfall oder mussten sich erbrechen.

Einmal gab uns eine mitreisende Krankenschwester einen Bonbon. Sie nannte es »Konfekt«. Es war das erste Konfekt in meinem Leben und ich genoss es sehr. Ein wenig Trost in dieser elendigen Zeit.

Durch die Fensterluke im Zug sah ich die scheinbar endlose Landschaft vorbeisausen. Sie stürmte heran und wich zurück. Einzelne zerstörte Bauernhöfe rasten vorüber. Das gleichmäßige Donnern der Räder unter uns schläferte mich sanft ein.

Der Zug hielt nicht nur auf freier Strecke, sondern auch an verschiedenen Stationen. Manchmal rissen russische Soldaten die Türen auf, sie brüllten und drängten uns aus den Waggons. Ältere Menschen, die nicht schnell genug ausstiegen, traf ein Gewehrschlag. Unsere Männer riefen: »Wir sind keine Feinde, sondern Gottes Leute.« Die Soldaten winkten ab und beschimpften uns.

Wir nutzten die Aufenthalte, um unsere Geschäfte im Freien zu erledigen. Während der Fahrt verrichteten die Leute ihre Notdurft in einer abgeteilten Ecke des Abteils, entweder durch die Fußbodenritzen, in Eimer oder direkt im Stroh. Man kann sich vorstellen, welche Gerüche das Abteil durchzogen.

Bei einem Stopp reinigten die Erwachsenen die Waggons. Die Männer luden das gesamte Gepäck aus und warfen das verschmutzte Stroh hinaus. Anschließend schütteten die Frauen Wasser über die Holzplanken und wischten es auf den Bahnsteig. Danach verstauten alle ihre Gepäckstücke wieder im Zug.

Bei dem engen Zusammenleben auf beschränktem Raum blieben die einzelnen Schicksale nicht geheim. In unserem Wagen reisten zwei junge Ehepaare mit. Meinem Vater kam zu Ohren, dass die beiden Männer vorhatten, nach Überschreiten der deutschen Grenze ihre jungen Frauen zu verlassen. Es handelte sich um deutsche Kriegsgefangene, die mennonitische Mädchen geheiratet hatten. Eine der Frauen erlitt während der Fahrt eine Fehlgeburt. Die ehemaligen Kriegsgefangenen glaubten, man lache sie in Deutschland mit mennonitischen Ehefrauen aus. Mein Vater wandte viel Mühe auf, um sie von ihrem Vorhaben abzubringen.

Ein anderes Schicksal ist mir ebenfalls in Erinnerung

geblieben. In unserem Waggon reiste ein wohlhabender Landbesitzer, der zu seinem Sohn nach Deutschland wollte. Er war Witwer und hatte sein Anwesen rechtzeitig verkaufen können. Seine Koffer blähten sich von Papier- und Goldgeld, Schinken und Würsten auf. Mutter wusch gelegentlich seine Wäsche und bekam dafür einen Schinkenknochen und Schwarten. Später, bevor wir im ersten Lager ankamen, verbrannte er das Papiergeld im Kanonenofen. Er verstarb im Lagerlazarett an Flecktyphus und sah somit seinen Sohn nicht wieder.

Unvergessen ist mir ein Gespräch zwischen zwei Erwachsenen geblieben, die sich darüber unterhielten, dass zwei Züge zusammengestoßen seien. Während unser Zug eintönig durch die Nacht rollte, hatte ich schreckliche Angst, auch meiner Familie könne Schlimmes passieren. Aber die Zuversicht und der Glaube meiner Eltern war mir ein Trost.

Gelegentlich erwachte ich nachts und sah meinen Vater am Ofen Brandwache halten. Das Feuer durfte in den bitterkalten Nächten nicht ausgehen.

Einmal durchfuhren wir eine Ortschaft, in der gerade Markttag war. Plötzlich lief eine Russenfrau neben unserem Zug her. Sie trug einen Topf Milch auf der Schulter und schrie laut: »Moloko, Moloko!« Verzweifelt versuchte sie, näher an die Waggons heranzukommen. Ich sah die Frau von meinem Sitzplatz im Zug aus. Diese kleine Begebenheit hat sich fest bei mir eingeprägt. Ein Becher Milch wäre das Paradies gewesen. Aber wir hatten kein Geld, um »Moloko« (Milch) zu kaufen.

Auf dieser Fahrt ins Ungewisse ergaben sich auch nette Begegnungen. Herr und Frau Lux besaßen mit ihren vier erwachsenen Töchtern den Platz uns gegenüber, hinter der

Trennwand. Die sechzehnjährige Selma war die Jüngste der vier Mädchen. Ihr gehörte all meine scheue Bewunderung. Die Familie Lux betrieb in Liebental bis zur Ausreise eine erfolgreiche Blaudruckerei und war vermögend. Frau Lux wirkte sehr resolut und geschäftstüchtig, ihr Ehemann erschien uns eher träge. Um sich die Zeit zu verkürzen, schnitzte er Spielzeug für die Kinder im Abteil. Wir sahen ihm dabei zu.

Für Geld konnte man nicht viel kaufen, aber das Tauschgeschäft blühte. Meine Eltern tauschten Mutters goldene Ohrringe und eine silberne Uhrkette vom Großvater für ein Brot ein. Während der langweiligen Zugfahrt vertrieben wir Kinder uns die Zeit damit, in der Brandstelle am Ofen herumzustochern. Unter der Asche fanden wir große Mengen von Korallen, die wir wie einen Schatz hüteten. Mutter nahm an, dass die Familie Lux den Schmuck in das Feuer geworfen hatte. Kostbarer Schmuck schien auf einmal wertlos. Das Überleben in diesen schweren Zeiten trat an erste Stelle. Viele Jahre bewahrte ich die angeschmorten Korallen als Erinnerungsstücke auf.

Mit der Hygiene im Zug war es den Umständen entsprechend nicht weit her. Ob es meiner Mutter möglich war, uns täglich notdürftig zu waschen, ist mir nicht mehr bekannt. Ich entsinne mich, dass sie es fertigbrachte, uns während der Reise in einem leeren Nachbarwaggon zweimal zu baden. Mein Vater bestand darauf, dass wir uns täglich gegenseitig nach Läusen absuchten, um Krankheiten nach Möglichkeit zu verhindern.

Hielt der Zug nachts an, stiegen nur die Erwachsenen aus den Waggons. Einmal sahen wir durch die Luke eine Gruppe von reichen, stolzen Kosaken in prachtvollen Uniformen auf ihren Pferden. Teure Sättel und silberbeschlagenes Zaumzeug schillerten im Mondlicht. Einige Kosaken saßen angetrunken an einem Lagerfeuer und tiefe Bässe sangen laut zur Balalaikamusik. Eine Handvoll Männer stampften Krakowiak und Polka zu schrillen Tönen einer Ziehharmonika.

Die Zugaufsicht drängte die Frauen zurück in die Waggons. Betrunkene Russen galten als unberechenbar. Um keine brenzlige Situation hervorzurufen, gingen die Frauen vorsichtshalber zu den Kindern zurück. Bald stiegen auch unsere Männer wieder ein und der Zug fuhr endlich weiter.

Es hatte sich ergeben, dass mein Vater und ein anderer Deutscher zu Sprechern des Transportes wurden. Vielleicht lag es daran, dass Vater fließend Russisch sprach und durch seinen Beruf auch den Umgang mit Behörden kannte. Nach einem längeren Halt mussten sie den Bahnhofsvorsteher und den Lokomotivführer bestechen, damit die Fahrt weiterging. Auch holten Soldaten die männlichen Auswanderer aus den Zügen, um Holz für die Lokomotive zu laden. Hier gab es manchen Streit zu schlichten.

Die Fahrt von Lichtenau nach Moskau dauerte fünf Tage. Unsere Reise führte über Charkow, das damals zur Ukrainischen Sozialistischen Sowjetrepublik gehörte.

Kreischend fuhr der Zug in den Moskauer Bahnhof ein und blieb inmitten verrosteter Viehwaggons stehen. Auf Veranlassung der Behörden verließen alle Ausreisenden die Wagen. Wir sollten in ein Lager ziehen.

Vater und Johannes wollten sich zunächst ein Bild von den Verhältnissen im Lager machen. Sie drängten sich zwischen den Wartenden am Bahnhof hindurch und machten sich ohne uns auf den Weg.

Nach einigen Stunden kamen sie zurück und meinten übereinstimmend: »Wenn wir in das Lager gehen, kommen wir alle nicht mehr heraus. Die an Typhus Erkrankten liegen neben den Gesunden und die Läuse kriechen von einem zum anderen.«

Gemeinsam mit weiteren Familien weigerten wir uns, in das Lager zu ziehen, und kletterten in den Zug zurück. Der stand zumindest unter dem Schutz des »Deutschen Roten Kreuzes«.

Unser Zug wurde auf ein anderes Gleis geschoben und blieb dort fast fünf Monate stehen.

Katharina und Johannes erkundeten mit anderen jungen Leuten die Umgebung des Moskauer Bahnhofes. Ab und zu schlossen Margarete und ich uns den Großen an, in der Hoffnung, Brot oder Gemüse von einem warmherzigen Menschen zu erhalten. Außerhalb des Bahnhofes gingen Eltern mit ihren Kindern spazieren und pflückten am Straßenrand Frühlingsblumen. Ich starre wie gebannt auf diese Szenen. Draußen ging das Leben, trotz unserer Not, problemlos weiter.

Auch während der Osterzeit warteten wir auf dem Abstellgleis auf die Weiterfahrt. Ostern ist für die Russen das größte kirchliche Fest im Jahr. Aus vielen Eiern backten die russischen Frauen Osterkuchen und färbten gewaltige Mengen Eier. Meine Mutter erzählte, dass die Priester der russischen Kirche Wagenladungen bunt gefärbter Eier erhielten, mit denen sie dann ihre Schweine fütterten.

Nach der längeren Fastenzeit vor Ostern legten die Kirchenmänner auf den Friedhöfen weiße Tücher aus. Der Priester segnete die Lebenden, die Toten und die Osterspeisen. Es ist eine russische Tradition, das Osterbrot auch mit den Verstorbenen zu teilen und Brot auf die Gräber zu legen. Anschließend begann der österliche Festschmaus auf dem Gottesacker.

Margarete und ich hofften, auch eine Kleinigkeit für uns zu ergattern. Wir kletterten auf ein verfallenes Mauerwerk und blickten auf den Kirchhof mit den köstlichen Speisen. Leider entdeckten uns die Kirchenmänner und verjagten uns schimpfend von der Mauer. Traurig und hungrig gingen wir zum Waggon zurück.

Eines Tages spielten Margarete und ich zwischen den abgestellten Zügen auf dem Gleisbett und vergaßen die Zeit. Als es bereits dunkelte, lief mein Vater rufend und wild mit den Armen winkend auf uns zu und scheuchte uns eilig zu unserem »Familienwaggon« zurück.

Vor unseren Zug hatten die Russen eine Lok angekoppelt und die Reise wurde ohne Ankündigung fortgesetzt. In letzter Minute erreichten wir den anfahrenden Zug. Vater hob uns zu Mutter und Katharina in den Waggon. Anschließend sprangen er und Johannes als Letzte auf. Das war noch einmal gut gegangen.

Auf der Wegstrecke Richtung Baltikum passierte mir ein Unglück. Eines Tages lag ich am Rand unserer Holzpritsche und schaute nach unten auf den Abteilboden. Schlagartig ging ein Ruck durch den Zug, er bremste scharf ab und blieb mitten auf der Strecke stehen. Ich fiel von der Holzpritsche und schlug hart mit dem Kopf auf.

Seit diesem Sturz war ich nicht mehr ganz gesund. Ich bekam hohes Fieber und Schmerzen. Mutter hatte kaum Möglichkeiten, mich zu behandeln. Sie saß am Bett und versuchte es mit kaltem Wadenwickel. Ärzte gab es im Zug keine.

Wir durchquerten das Baltikum, durchfuhren Lettland in Richtung Riga. Die Fahrt endete auf einem Nebengleis in Eydtkuhnen. Der Ort gehörte zum Gebiet Kaliningrad und galt als wichtigster Eisenbahnübergang von Russland in Richtung Deutschland. Die Behörden zwangen uns, die Waggons zu verlassen, und pferchten uns in eine Barackenhalle. Darin standen eng aufgestellte Doppelbetten, einige Tische und wenige Stühle. Wir suchten uns einen Platz an der hintersten Wand. Eine Sitzgelegenheit gab es für uns nur auf den Betten. Unsere gesamten Kleidungsstücke wurden zwecks Desinfektion geschwefelt. Dabei gingen einige unserer herrlichen, hohen Pelzmützen verloren. Das war für unsere damaligen Verhältnisse ein großer Verlust.

Wie von unserem Vater befürchtet, befiel uns nach kurzer Zeit das von Läusen übertragene Fleckfieber. Mit hohem Fieber und rotfleckigem Hautausschlag lagen wir schwach und entkräftet auf den Lagerbetten. Da alle Ausreisenden Läuse hatten, konnte man dem Ungeziefer nicht entgehen. Das »Rote Kreuz« schickte Krankenschwestern und Ärzte durch die Halle, um die Ausreisenden medizinisch zu betreuen.

Nach vier Wochen Aufenthalt in Eydtkuhnen bekamen wir den Befehl, die Viehwaggons wieder zu beziehen. Bewaffnete russische Soldaten führten uns zu den Zügen. Die Gewehre stets im Anschlag, schrien sie herum und jagten uns vorwärts. Sie fürchteten wohl, dass wir flüchten könnten. Welch ein Unsinn. Keiner von uns hatte die Kraft für einen Fluchtversuch, wir hatten noch immer Fieber. Wohin sollten wir auch gehen? Wir waren froh, dass die Familie zusammen war und wir, halb krank, halb gesund, lebten.

Die Reise ging vorwärts. Der Zug stoppte kurz an der deutschen Grenze, knatterte dann durch Ostpreußen bis zum Polnischen Korridor. Als Polnischen Korridor bezeichnete man einen Landstreifen zwischen dem Unterlauf der Weichsel und Pommern. Er trennte Ostpreußen vom übrigen Deutschland.

Was für eine friedliche Landschaft. Aber der idyllische Ausblick täuschte. Sahen Leute unseren Zug, bewarfen sie ihn mit Holz und Steinen. Sie wussten, dass russische Auswanderer darin saßen. Das reichte für die hässlichsten Anfeindungen. Wir waren froh, als wir den Korridor hinter uns hatten.

Endlich in Stettin angekommen, zwangen die Behörden alle Ausreisenden auf einem freien Feld erneut aus den Waggons. Es war ein kalter, windiger Tag. Uns ging es miserabel, da die Familie immer noch Fieber hatte.

In Decken und Betten gehüllt, lagen und standen wir vor dem Zug. Polnische und deutsche Beamte konnten sich nicht über den Weitertransport einigen. Blieb der Transport in Stettin oder sollte es per Seeweg auf die Insel Usedom gehen? Wieder stand der Zug stundenlang. Unterdessen versuchten die Frauen, mit den mageren Vorräten für ihre Familien Schmackhaftes zu kochen.

Nach vielen Wartestunden fiel die Entscheidung. Müde und durchgefroren bestiegen wir den Zug und rollten, wie so oft, auf ein Nebengleis.

Mit lauten Befehlen schoben die Soldaten uns wie Viehherden in ein Lager. Mehrere Ärzte und Krankenschwestern untersuchten alle Menschen aus den Zügen. Ein Arzt begutachtete unsere Familie. Ich riss mich zusammen und stellte mich, von meinen Geschwistern gestützt, dem Arzt vor. Ich hoffte, er würde nicht merken, wie krank ich tatsächlich war.

Ich sah schwach und blass aus und der Arzt erkannte meinen schlechten Zustand. Energische Krankenschwestern trennten mich von meiner Familie und brachten mich in ein Behelfslazarett. Die größte Sorge meiner Eltern war nun, dass wir uns in diesem Lager verloren.

Laut Anweisung der Behörden durfte meine Familie erst weiterreisen, wenn ich wieder halbwegs gesund sein würde. Unsere Eltern gaben Margarete und Samuel anderen Mennoniten in Obhut und besuchten mich täglich.

In Stettin habe ich die erste Schokolade meines Lebens gekostet. Die Lagerleitung gab pro Person fünf Tafeln Blockschokolade aus. In meinem kranken Zustand, ohne meine Familie, schmeckte sie mir aber nicht.

Endlich hatte ich die Kraft, um aufzustehen. Der Arzt schrieb ein passendes Attest und ich durfte zurück zu meiner Familie.

Nach vier Monaten Aufenthalt in Stettin konnten wir die Reise fortsetzen. Über Swinemünde fuhren wir nach Usedom. Warum der Zug auf die Ostseeinsel umgeleitet wurde, erklärte uns niemand. Offenbar wollte sich keine Behörde mit uns Ausreisenden belasten und den lästigen Transport rasch abschieben.

Auf der sandigen Insel erwartete uns das dritte Lager mit etlichen Holzbaracken. In einem länglichen Lagerschuppen gab es eine Krankenstation. Da ich im Zug erneut einen Krankheitsrückfall hatte, brachten die Eltern mich sofort in der Krankenbaracke unter.

Über dreißig Betten standen zu beiden Seiten des Ganges.

Die fleckigen Fensterscheiben ließen kaum Luft und Licht in den Raum. Der Wind blies Latrinengeruch durch die Ritzen. Vom Dach leckte es auf die Bettstellen.

In diesen Räumlichkeiten lagen erkrankte Männer. Die Krankenschwestern schoben für mich eine Holzliege in die äußerste Ecke. Niemand kümmerte sich um mich.

Ich sprach auch keinen an. Erstens hatte ich Angst und zweitens sprach ich kein gutes Hochdeutsch. Ich kauerte mich blass und ausgelaugt eng auf der Liege zusammen und fürchtete, ohnmächtig zu werden.

Die Eltern besuchten mich fast täglich. Sie mussten auch noch die anderen Familienmitglieder versorgen. Einmal ließ Mutter mir eine Apfelsine schicken. Ich hatte noch nie so eine Frucht gesehen und schnupperte daran. Sie roch fremd und hervorragend. Da mir aber kein Mensch zeigte, wie man mit der Frucht umging, hatte ich sie noch nach meiner Entlassung bei mir.

Zu den Mahlzeiten reichten die Schwestern eine dünn mit Margarine bestrichene Graubrotscheibe und eine Wassersuppe. An einigen Tagen rollte sich die Brotscheibe vor Trockenheit zusammen.

Da ich kein Zeitgefühl mehr hatte, kann ich heute nicht sagen, wie lange ich im Krankenhaus bleiben musste.

Als ich entlassen wurde, war es bereits Sommer. Ein kleiner Junge und ich warteten im Lazarett gemeinsam auf den Abtransport zu unseren Familien. Der Junge weinte bitterlich, und auf meine Frage, warum er traurig sei, sagte er: »Ich will im Lazarett bleiben. Hier kann ich mich richtig sattessen.« Dieses Erlebnis ist mir bis heute in Erinnerung.

Während wir warteten, blickte ich mich in der Krankenbaracke um und sah plötzlich meine Mutter.

Sie lag auf einer Trage nur wenige Meter von mir entfernt. Ich hätte sie beinahe nicht erkannt und fing sofort an zu weinen. Die Sonne beschien ihren abgemagerten Körper. Ausgemergelt und schwach, konnte sie sich kaum bewegen und reagierte nicht auf mein Rufen. Ich wollte unbedingt zu ihr laufen, aber einige Schwestern hielten mich zurück. Sie scheuchten mich in eine andere Richtung und riefen: »Weg hier! Typhus!«

Ein Soldat führte mich in eine Sonderbaracke. Sie nahmen an, alle meine Familienmitglieder seien erkrankt. Es galt, eine weitere Ansteckung zu vermeiden.

»Ich will hier nicht bleiben. Ich will zu meiner Familie!«, rief ich. Die Tränen liefen über mein Gesicht und ich weinte steinerweichend.

Ein laut heulendes Kind störte den täglichen Betrieb erheblich. Es wirkte, und schließlich durfte ich zu meinem Vater und meinen Geschwistern.

Vater erkrankte ebenfalls an Flecktyphus, sein Körper war mit roten Flecken übersät. Er und Margarete wurden auch auf die Krankenstation verlegt. Vorsichtshalber holte eine Ärztin meinen Bruder Samuel auf die Isolierstation.

Katharina, Johannes und ich blieben traurig und geschwächt zurück. Jetzt waren wir uns selbst überlassen.

Katharina übernahm die Betstunden, die wir nun zu dritt im Lager abhielten.

»Habe ich dir nicht geboten: Sei getrost und unverzagt? Lass dir nicht grauen und entsetze dich nicht; denn der Herr, dein Gott, ist mit dir in allem, was du tun wirst.« Dieser Psalm war richtungsweisend in unserem Leben und gab uns Trost.

Meine Eltern erzählten später, dass sich der leitende Arzt

außerordentlich für die Patienten einsetzte. Hin und wieder bekamen Johannes oder Katharina die Erlaubnis von der Lagerleitung, die Eltern zu sehen. Wegen der beängstigend hohen Ansteckungsgefahr sprachen Angehörige durch die Fenster der Krankenstation. Der Arzt verbot Katharina und Johannes, die Eltern über unsere miserable Situation in Kenntnis zu setzen. Täglich versuchten wir drei, den Hunger zu unterdrücken und mit dem wenigen, was wir hatten, zurechtzukommen. Aber Vater erfuhr es durch andere Mennoniten. Er gab Johannes den Auftrag, trotzdem die restliche Familie zusammenzuhalten. Das nahmen beide Geschwister ernst und sorgten fürsorglich für uns.

Sechs Monate lebten wir bereits auf Usedom, als die Nachricht wie ein Lauffeuer durchs Lager ging: Die Leitung stellte für den Weitertransport die Züge neu zusammen. Es sollte zurück nach Riga gehen. Das hoffnungslos überfüllte Lager zwang die Behörden, einige Holzbaracken zu räumen.

Da unsere Eltern erkrankt waren, galt unsere Familie nicht als transportfähig. Der Typhus war inzwischen abgeheilt, aber Mutter hatte mittlerweile starke Herzbeschwerden und unser Vater schlimme Durchblutungsstörungen an den Füßen. Samuel lag nach wie vor auf der Isolierstation. Trotz unseres Elends hatten wir Glück und verblieben auf der Insel Usedom.

Einige Wochen später schob man uns, trotz der Erkrankungen, in ein Auffanglager nach Hessen ab. Beim Verlassen des Lagers wurde die Familie notdürftig vom »Roten Kreuz« eingekleidet und erhielt Verpflegungsgeld.

Schnaufend und unsanft schaukelnd schob sich der

Zug Richtung Süden. Die Erwachsenen unterhielten sich, schliefen oder spielten mit den Kindern.

Während der Zugfahrt veränderte sich die Gegend. Kleinere Dörfer, flache Landstriche, sanfte Bergrücken wechselten sich ab. In den Nachmittagsstunden erreichte der Transport den Gießener Bahnhof und kam mit einem gewaltigen Rucken und Pfeifen zum Stillstand.

Hunderte Aussiedler quollen aus den Waggons.

Wir sahen uns um. Es herrschte großes Durcheinander und Ratlosigkeit. Einheimische schauten uns misstrauisch an, als wären wir hier nicht erwünscht.

So sah also die Freiheit in Deutschland aus. Kein Geld, kaum Nahrungsmittel und Angst vor dem Neuanfang. Wie Bettler sahen wir aus. Die Schuhe durchgelaufen, unsere Bekleidung geflickt, verschmutzt und viel zu klein.

Vater rief uns zum Beten zusammen.

»Lieber Gott, wir danken dir, dass du uns nicht verlassen hast. Du hast uns beschützt, deine Hand über uns gehalten und uns den Weg gezeigt. Nun wollen wir im Vertrauen zu dir neu anfangen. Amen!«

Während der gesamten Reise vergaßen wir nie unseren Glauben. Im kleinen Kreis hatten wir gebetet, gesungen und uns Mut und Zuversicht zugesprochen.

Bei der Ankunft in Gießen waren wir alle am Rande unserer Kraft. Am schlimmsten war die Furcht vor dem Neuanfang in einer fremden Umgebung.

Die Bahnhofsmission verteilte warmes Essen, Reisegeld und Kleidung. Mutter und wir Kinder bekamen ein Paar Strümpfe, Unterwäsche und einen Rock mit Bluse. Die Männer erhielten ebenfalls Unterzeug, ein Hemd und eine Hose mit Jacke.

Auf Ladeflächen alter Lastwagen zusammengepfercht ging die Fahrt weiter in Richtung Auffanglager. Anders als in den vorherigen Lagern empfingen uns in Gießen massiv gebaute Häuser aus Stein, die einen gewaltigen Hof umstanden. Das Gelände gehörte während des Ersten Weltkrieges zu einer militärischen Einrichtung. Ein hoher Maschendrahtzaun und ein tiefer Graben umgaben es. Dahinter stand ein weiterer Stacheldrahtzaun.

Jedes der dreistöckigen Gebäude hatte mehrere Räume, in denen Bettgestelle mit Strohsäcken, Tische und Stühle als Inventar standen. Hohe Blechschränke und Decken trennten die Familien notdürftig voneinander. Unser Platz hatte sogar ein kleines Fenster.

Die äußerst primitiven, stets verstopften Toiletten standen außerhalb der Häuser in windschiefen Holzbuden. Mit der Hygiene durfte man es zu dieser Zeit nicht so genau nehmen. Wir wuschen uns notdürftig im Gemeinschaftswaschraum oder in Waschschüsseln an unserem Platz.

In Gießen konnten wir unser Leben eingeschränkt selbst gestalten und uns freier bewegen. Das war nicht einfach. Der Lagerverwalter, Herr Schwarz, bewachte energisch die Einrichtungen und das ausladende Tor. Zwei Wachhunde begleiteten ihn auf den täglichen Rundgängen.

Verpflegt wurden alle Heimatlosen durch eine Großküche aus dem Ort. Dreimal am Tag fuhren Angestellte eine wuchtige Gulaschkanone in das Lager.

Wir standen in endloser Schlange mit einem Gefäß in der Hand an. Jeder bekam einen »Schlag« Suppe oder Hafergrütze aus einer Kelle, je nachdem, was gerade auf dem Speiseplan stand. Eine unbefriedigende Verpflegung. Dafür verteilte die Lagerleitung reichlich Brot. An manchen Tagen gab es harte und angeschimmelte Brotscheiben.

In der Umgebung des Lagers lagen ausgedehnte Waldflächen, ein Anziehungspunkt für uns Kinder. Wir suchten körbeweise Maronen und Steinpilze. Katharina und Johannes gingen gelegentlich zu Fuß in die nahe Stadt, um dort Obst zu kaufen.

Die Lagerverwaltung ordnete mehrmals Umzüge innerhalb des Barackenkomplexes an, da täglich weitere Züge mit Umsiedlern eintrafen. Wir Kinder konnten unser gesamtes Gepäck nicht allein transportieren. Es bestand aus zwei Reisekörben, einem Holzkoffer und den eingenähten Betten. Johannes sprach mit Herrn Schwarz, da die Eltern erneut wegen ihres Gesundheitszustandes auf der Krankenstation lagen. Der Lagerverwalter gewann einige Hilfskräfte unter den Flüchtlingen, die er mit Brot bezahlte.

Das Bargeld verwaltete mein Bruder streng. Zuweilen kaufte er für uns in der Lagerkantine eine Waffel. Sicherlich hätte er auch für sein Leben gerne eine Waffel gegessen, aber er nahm sich zurück. Mit Katharina hielt er unseren Hausstand gut zusammen.

Die Eltern erholten sich so weit, dass sie bald zu uns ziehen konnten. Endlich war die Familie wieder vereint.

Auf dem Barackengelände standen zwei Pumpen für die Wasserversorgung. Beim Anblick der Pumpen überlegte ich, wie die Bezeichnung in hochdeutscher Sprache lautete. Ich beherrschte mennonitisches Plautdietsch, aber Hochdeutsch mehr schlecht als recht. Jemanden zu fragen, das wagte ich nicht, dafür hatte ich zu viel Respekt vor den Erwachsenen. Ich wünschte mir sehnlichst, die Sprache fehlerfrei lernen zu dürfen.

Eines Tages rief mein Vater: »Sie richten eine Lagerschule ein. Ein Lehrer und ein Ältester übernehmen den Unterricht in deutscher Sprache. Endlich ein bisschen normales Leben!«

Mein größter Wunsch ging in Erfüllung. Leider wurde die Schule nach kurzer Zeit wegen Ausbruch von Typhus geschlossen. An ein Lied aus der Lagerschule erinnere ich mich, ein Volkslied von Friedrich Rückert:

»Es kamen grüne Vögelein
geflogen her vom Himmel
und setzten sich im Sonnenschein
im fröhlichen Gewimmel
all an des Baumes Äste
und saßen da so feste
als ob sie angewachsen sei'n.

Sie schaukelten in Lüften lau
auf ihren schwanken Zweigen.
Sie aßen Licht und tranken Tau
und wollten auch nicht schweigen.
Sie sangen leise, leise
auf ihre stille Weise
von Sonnenschein und Himmelsblau.«

Am Sonntag spazierten wir mit unseren Eltern in den nahen Wald. Durch ihre schweren Erkrankungen geschwächt, wanderten sie nicht weit mit uns. Sie setzten sich auf Baumstümpfe und schauten uns beim Spielen zu.

Andere Mennoniten aus dem Barackendorf hatten sich inzwischen einer Baptistenkirche angeschlossen. Vater überlegte einige Zeit, dann besuchten wir ebenfalls die Glaubensgemeinde und blieben viele Jahre dieser freikirchlichen Gemeinschaft zugehörig. Mitglieder wurden wir nicht.

In Gießen gab es damals keine mennonitische Gemeinde. Das nächste mennonitische Bethaus war einige Städte entfernt. Dorthin zu fahren war bei der Finanzlage meiner Eltern unmöglich. Getauft wurden Margarete und ich erst viele Jahre später als Erwachsene in einer mennonitischen Gemeinde.

Wetzlar

Wir hatten eine weite, beschwerliche Reise hinter uns. Monate der Angst, der Ungewissheit, von Krankheiten und Lagerleben geprägt.

Unsere Ausreise hatte im März 1922 an der Bahnstation Lichtenau begonnen. Von dort fuhren wir über Charkow nach Moskau. Nach einem Aufenthalt von fünf Monaten auf dem Moskauer Bahnhof erfolgte die Durchquerung des Baltikums in Richtung Riga bis nach Ostpreußen. In Eydtkuhnen hielt die Behörde uns vier Wochen fest, dann durften wir die deutsche Grenze überqueren. Wir fuhren Richtung Ostpreußen, dann durch den damaligen Polnischen Korridor und weiter nach Stettin. Vier Monate später schleusten die Behörden die Ausreisenden über Swinemünde auf die Ostseeinsel Usedom. Nach einem halben Jahr Lageraufenthalt reisten wir 1923 in ein Auffanglager nach Gießen.

Ein Außenstehender macht sich kaum eine Vorstellung, wie schwer es für meine Eltern war, in Deutschland Fuß zu fassen. Zu Hause in Münsterberg hatte ich merkwürdige Vorstellungen, wenn Vater von unserem Stammland sprach. In seinen Erzählungen war Deutschland genauso schön wie unsere Heimat. Wir Kinder verbanden mit dem

Wort »Deutschland« den Wunsch, uns richtig sattessen zu können. Und eine richtige Puppe wollte ich unbedingt besitzen. Bisher hatte ich nur von meiner Mutter selbstgenähte Stoffpuppen. Dieser Wunsch erfüllte sich erst viele Jahre später, als ich längst dem Spielalter entwachsen war.

Im Auffanglager Gießen lebten wir ein Jahr und vier Monate. Die Lagerverwaltung in Gießen und das »Rote Kreuz« boten meinem Vater eine Arbeitsstelle in einer Eisenschmiede an. Sie beschäftigte viele Umsiedler aus Russland. Zur Unterbringung der Arbeiter und deren Familien hatte die Geschäftsleitung auf einem Grundstück am Stadtrand von Wetzlar einige Behelfsheime errichtet. Dort fanden wir im Juli 1924 ein neues Zuhause. Zu diesem Zeitpunkt war ich fünfzehn Jahre alt und hatte fast zwei Jahre meiner Jugend in Lagern und Zügen verbracht.

Die Häuschen, eingedeckt mit schwarzer Dachpappe, wirkten ärmlich und klein. Die Miete war dagegen gering. Ein deutscher Ingenieur und zwei Meister wohnten in festen Immobilien neben dem Bauplatz. Die Arbeiterhäuser hatten zwar fließendes Wasser über eine Pumpe, aber nur einen Kohlenherd in der Küche. Zu jedem Häuschen gehörte ein Stallgebäude und ein Stückchen Garten.

Ein kümmerliches Zuhause. Wir lebten in einer Küche mit winziger Vorratskammer und zwei weiteren Räumen zum Wohnen und Schlafen. Möbel gab es keine. Bettzeug hatten wir aus Russland mitgebracht und auf jeder Station versucht, es sicher zu bewahren. So verbrachten wir die ersten Nächte im beengten Heim und brauchten keinen Wohnraum mit fremden Menschen zu teilen. Reich waren wir gewiss nicht, aber glücklich über unser eigenes Dach über dem Kopf.

Unsere Mutter kochte das erste Mal wieder Rieskascha mit Kompott. Ich freute mich sehr, musste aber doch plötzlich mit den Tränen kämpfen. Diese Nachspeise war gewiss nicht jedermanns Sache. Aber für mich war sie die schönste Erinnerung an meine alte Heimat.

Das erste Werkzeug, das mein Vater selbst herstellte, war eine Hobelbank. Kaum im Schlafzimmer aufgestellt, fertigte er darauf Möbel. Zuerst einen Tisch und eine Bank, danach Stühle für alle Familienmitglieder. Nach und nach entstand eine Schlafzimmereinrichtung für die Eltern und jedes Kind, außer Samuel, der bei den Eltern schlief, bekam endlich ein eigenes Bett.

Außerdem baute Vater einen Handwagen. Der rollende Karren bildete für uns ein unentbehrliches Transportmittel. Auf dem örtlichen Markt gab es gegen Ende der Marktzeit Obst und Gemüse besonders günstig. Wir Kinder zogen los und ergatterten so manches Gemüsestück. Nach den langen Hungermonaten durften wir uns endlich sattessen, obwohl Brot immer noch knapp war. Es wurde nur mit entsprechenden Marken zugeteilt.

Inzwischen sprachen wir recht flüssig Hochdeutsch. Die Lebensweise und Gewohnheiten der Deutschen blieben uns allerdings lange fremd. Wir fühlten uns aus einer gewachsenen dörflichen und kirchlichen Gemeinschaft herausgerissen und in eine fremde Umgebung versetzt. Nannte ich meine Adresse, wusste jeder sofort: »Aha, das sind die Flüchtlinge aus dem Negerdorf.« So nannten manche Leute die Behelfsheime. In ihren Gesichtern konnte ich lesen: »Ihr seid freiwillig eingereist, wir riefen und wünschten euch nicht.«

Die Umgebung verhielt sich abweisend gegenüber den Neuen aus Russland. Fremde Gewohnheiten und Mentalitäten stießen aufeinander. Wir sprachen einen ungewohnten Dialekt, waren zwar Deutsche – und doch andere Deutsche. Ich erinnerte mich an Großmutters Spruch: »Da, wo man deine Muttersprache spricht, ist die wahre Heimat.« Vater verstand auch nach vielen Jahren die Verhaltensweisen einiger Leute nicht.

Mit unseren kurzen Haaren, geschoren in den Lagern, um Läuse zu verhindern, wirkten wir auf die Einheimischen wie entlassene Straftäter. Erwachsene drehten sich auf der Straße um, die Kinder lachten uns aus. Das war für uns peinlich und wir wären am liebsten in unsere Heimat zurückgekehrt.

Doch jetzt hieß es, das schwierige Zusammenleben auszuhalten und erträglich zu gestalten.

Ich erlebte den ersten kalten Winter in Deutschland. Der Himmel hing strahlend blau über der Stadt und die Schneeflächen glänzten im Sonnenlicht. Baumäste fingen den fallenden Schnee auf und bogen sich unter den Lasten.

So fantastisch die Schneelandschaften aussahen, Winter hieß natürlich auch kalte Temperaturen und kaum Brennmaterial für den einzigen Ofen in der Küche. Ich entsinne mich, dass die Männer an freien Samstagen gemeinsam mit dem Handwagen loszogen. Sie rodeten Baumstümpfe im nahen Wald. Ein schweres Unternehmen, den beladenen Wagen nach Hause zu ziehen.

»Holz sammeln!«, hieß auch die Ansage für Margarete und mich. Mit Taschen machten wir uns auf und suchten Abfallholz in der Umgebung. Noch konnten wir es uns nicht leisten, Holz oder Kohlen zu kaufen.

Vater erkrankte an Asthma. Er vertrug den Klimawechsel nicht. Des Weiteren machten ihm der Staub in der Schmiede und die seelische Belastung zu schaffen. Ging er früher mit kräftigen Schritten zur Arbeit, sah ich ihn häufiger gebeugt und müde. In Russland war er ein geachteter Mann und freier Unternehmer mit einem gut gehenden Baugeschäft. In Deutschland lediglich ein Arbeitnehmer und kaum im Stande, die Familie zu ernähren. Zudem verschlechterte sich die wirtschaftliche Lage im gesamten Land. Die Zahl der Arbeitslosen stieg stetig an und die Inflation kam dazu.

Vier Jahre dauerte es, bis Vater sich an die Verhältnisse und das nasskalte Klima gewöhnt hatte. Trotzdem hatte er sich in kurzer Zeit in der Eisenschmiede hochgearbeitet. Seine Vorgesetzten schätzten ihn außerordentlich.

Es vergingen nur wenige Jahre, bis sich die Bewohner im »Negerdorf« finanziell erholt hatten und an eigenen Hausbesitz dachten.

Der Schulunterricht fand in einer alten Schule in Wetzlar statt. Ein farbenfroher Garten umrahmte das Backsteingebäude. Noch beeindruckender war der riesige Schulhof mit dem alten Baumbestand. Mittig erhob sich ein knorpeliger Kastanienbaum, dessen Äste fast die Erde berührten. In den Pausen boten sie uns Schutz vor Schnee oder Regen.

Meinen ersten Schultag in der neuen Klasse vergesse ich nicht. Verspätet betrat ich das Schulgebäude, im Innern roch es unangenehm nach Bohnerwachs. Unzählige Mäntel und Jacken hingen auf dem langen Flur. Vorsichtig klopfte ich an der ersten Tür und wartete auf das »Herein!«. Als ich öffnete, schossen tief über den Tischen gebeugte Mädchenköpfe hoch und beäugten die Neue, die zu spät kam.

Eine ältere Lehrerin stand an der Tafel. Sie sagte ganz ruhig: »Komm herein, hier bist du richtig. Wir warten schon auf dich. Stelle dich bitte deinen Klassenkameradinnen vor, nenne deinen Namen, den Geburtsort, eure Wohnadresse und die Arbeitsstelle deines Vaters.«

Ich kreuzte die Finger hinter dem Rücken, log und gab eine andere Adresse an: »Ich heiße Elisabeth. Mein Vater ist selbstständiger Tischler und wir wohnen mitten in Wetzlar am Marktplatz!«

Die Lehrerin holte tief Luft und sagte stirnrunzelnd: »Du irrst dich wohl, Elisabeth Luise Sommerfeld, dein Vater arbeitet in der Eisenschmiede und du wohnst in der Behelfsheimsiedlung hinter dem Bahnhof!«

Mit knallrotem Kopf stand ich vor der Tafel. Die Mitschülerinnen tuschelten und kicherten leise.

»Setz dich bitte gleich hier in die erste Reihe«, forderte mich die Lehrerin auf.

Wie ein Mäuschen mit schlechtem Gewissen rutschte ich in die Bank. So eine Situation erlebte ich öfters und schämte mich erneut, im »Negerdorf« zu wohnen.

In der Pause traf ich Margarete und andere Mädchen aus dem Behelfsheim.

So gut wie jeden Tag umkreisten uns die neugierigen einheimischen Kinder auf dem Schulhof und verspotteten uns. Wie bunte Farbkleckse tanzten sie im Kreis um uns ärmlich wirkende Mädchen herum und sangen: »Ruski, Neger, Ruski, Neger!« Sie sahen uns an, als kämen wir in unseren dürftigen Leinenkleidern von einem anderen Stern. Altmodisch und eine andere Aussprache – das reichte für kritische Blicke.

Da es keine Möglichkeit gab, dem Kreis zu entkommen, drängten wir uns in der Mitte zusammen. Entweder zogen uns die Aufsichtslehrer auseinander oder die Schulglocke erlöste unsere Not. Jahrelang blieben wir die Russenkinder.

Vater fertigte uns Holzschuhe mit Stroheinlagen. Damit gingen wir im Sommer zur Schule, um die teuren Lederschuhe zu schonen. Die Schulbücher trugen wir wie in Russland unter dem Arm. Nach einiger Zeit nähte Mutter aus alten Plüschresten rechteckige Schultaschen mit Bügeln. Zwei Pappstücke hielten sie steif. Zwischen die Pappen schob ich die Schiefertafel, damit die Schrift nicht verwischte. Diese Taschen bedeuteten für uns einen kleinen Fortschritt. So wurden unsere Schulbücher bei schlechtem Wetter nicht mehr nass.

Dankbar erinnere ich mich an unsere Lehrerinnen und Lehrer. Letztendlich hielten sie zu uns, halfen uns und erleichterten das Einleben.

Bei der Handarbeitslehrerin hatte ich einen besonderen Stein im Brett. Verschiedene Näharbeiten, Strümpfe stopfen und Knöpfe annähen, kannte ich von zu Hause. Fräulein Harms war eine kleine, völlig verwachsene Frau. Deshalb setzte sie sich häufig auf den Lehrertisch, damit die Kinder sie besser sahen. Sie kannte den Ablauf unserer Flucht und stand mir bei.

»Von dir erwarte ich besondere Leistungen. Strenge dich an und enttäusche mich nicht!«, sagte sie zu mir.

Während der ersten Jahre in Deutschland haperte es immer wieder an hochdeutschen Sprachkenntnissen. Durch eifriges Üben änderte ich meine anfangs schlechten Zensuren. Aus der Schulbücherei durften wir kostenlos Bücher ausleihen, was ich gerne nutzte. Ich lernte Gedichte auswendig, auch kleine Prosastücke, Bibeltexte und sang deutsche Lieder. Anschließend schrieb ich das Gelernte aus dem Gedächtnis auf und verglich es mit dem Originaltext. Allmählich bewältigte ich die Schwierigkeiten.

Aufgrund meiner blassen Gesichtsfarbe musste ich öfter als die anderen Mädchen beim Schularzt vorsprechen. Er verschrieb mir ein eisenhaltiges Präparat.

Jeden Morgen vor Unterrichtsbeginn standen alle Mädchen ordentlich hinter ihrem Schulpult, bis die Lehrerin die Anweisung zum Hinsetzen gab. Vorher ging sie prüfend durch die Reihen, um Liederlichkeiten zu entdecken. An einem Tag blieb sie neben mir stehen und sagte streng: »Elisabeth, warum sind deine Schuhe nicht geputzt? Sie sehen entsetzlich schmutzig aus. Sofort gehst du nach Hause, putzt die Schuhe und kommst dann wieder. Den versäumten Unterricht holst du nach!«

Ich schämte mich und wäre am liebsten im Boden versunken. Seit dem Rüffel achtete ich darauf, dass meine ärmliche Kleidung trotz allem sauber war.

In den Pausen spielten wir auf dem Hof, während das Lehrpersonal eifrig miteinander sprach und zwischen den Kindern wandelte. Zwei Schülerinnen hatten den Auftrag, die Glocke zu läuten. An manchen Tagen vergaßen sie es, da sie ins Gespräch vertieft schienen. Wir Kinder freuten uns, wenn sich die Pause dadurch in die Länge zog.

Wir vergnügten uns mit verschiedenen Ball- und Murmelspielen. Ich erinnere mich an Seilspringen, Stelzenlaufen, Ringspiele und Schlagball. Meine Schwester Margarete liebte diese Spiele besonders. Geschickt und schnell, wie sie war, gewann sie häufig.

Wir Kinder trugen ebenfalls zum Lebensunterhalt der Familie bei. Es begann damit, dass wir für andere Leute Einkäufe machten. Dafür bekamen wir zwei bis fünf Pfennige, bei größeren Gängen oft zehn oder fünfzehn Pfennige.

Jedes Kind durfte das selbst verdiente Geld behalten. Hatten wir einige Groschen zusammengespart, kaufte unsere Mutter Nessel für ein Hemd, Kleiderstoff oder nähte eine Schürze. Benötigte Lehrmittel wie Malkasten, Griffel, Tuschfarben, Bücher bestritten wir ebenfalls von den Laufgroschen. Es störte mich, dass ich an einigen Tagen mitten im Spiel abgerufen wurde, um Besorgungen zu erledigen.

Später betreute ich für wenig Geld Siedlungskinder. Das Einhüten gefiel mir nicht, lieber hätte ich selber gespielt und etwas erlebt. Aber für einen Nachmittag Kinderhüten gab es immerhin dreißig Pfennige. Zu Weihnachten kaufte ich von meinem Geld einen bunten Tuschkasten, Elfenbeinschmuck am schwarzen Samtband und für meinen Bruder Spielzeug.

Mutter nähte mit einer gebrauchten Nähmaschine Auftragsarbeiten und für uns wichtige Kleidungsstücke. Aus Stofffetzen und dünnen, alten Stoffstreifen fertigte sie Hausschuhe für uns.

Die Nähmaschine interessierte mich, und bald gelang es mir, ohne Hilfe eine Spule einzulegen und erste Näharbeiten zu fertigen. Mein größter Wunsch war es damals, eine Schneiderin zu sein.

Es hat mir starken Kummer bereitet, dass ich keine weiterführende Schule besuchen konnte. Meine Eltern waren zu arm, um das Schulgeld und Lehrmittel zu bezahlen. Meine Geschwister hatten den gleichen Anspruch wie ich. Die Lehrer versprachen bei vielen Gelegenheiten, mir zu helfen. Leider wartete ich vergeblich.

Mit meinem fünfzehnten Lebensjahr schickte Mutter mich in eine hauswirtschaftliche Berufsschule. Ich lernte einiges, was mir in meinem langen Leben zugutekam. Zurückblickend meine ich jedoch, dass ich noch viel mehr hätte lernen können.

Es kam der Tag, an dem die Eisenschmiede ihren Betrieb einstellte und das Barackengrundstück verkaufte.

Meine Eltern hatten inzwischen eine kleine Entschädigung für unseren in Russland verloren gegangenen Besitz erhalten. Sie erwarben sofort tausendvierhundert Quadratmeter Baugrundstück und errichteten mit viel Eigenleistung ein bescheidenes Haus.

Vater war zu dieser Zeit arbeitslos und führte neben vielen anderen Arbeiten zusammen mit Johannes die Zimmermannsarbeiten aus.

Während der Richtarbeiten zerquetschte er sich den Ringfinger an der rechten Hand. Einen halben Zeigefinger der gleichen Hand hatte er zuvor bei einem schweren Arbeitsunfall in der Schmiede verloren. Seit diesem Vorfall war er nicht mehr ohne Beschwerden. Trotzdem arbeitete er mit Schmerzen weiter und bald besaßen wir wieder ein eigenes Haus.

Ein Weihnachtsfest habe ich besonders in Erinnerung, weil es schön und zugleich traurig war. Wir hatten einen Tannenbaum aufgestellt und einen Gabentisch mit Geschenken vorbereitet. Trotz der geringen Geldmittel bestand Mutter auf einen bescheidenen Weihnachtsbaum.

Sie kaufte ihn, kurz vor Marktende, auf dem Wochenmarkt. Der ausgemusterte Baum, den keiner wollte, besaß einige dürftige Zweiglein, kostete dafür nur fünfzig Pfennige.

Vater schnitt kurzerhand die Baumspitze ab, bohrte Löcher in den Stamm und setzte Zweige, die wir nachmittags im Wald gesammelt hatten, ein. Nie wieder zierte so ein hübscher Baum unsere Stube.

Die Bescherung fand am ersten Weihnachtstag statt. Das hatten wir aus Russland beibehalten. Unter dem Tannenbaum lag meine erste Puppe mit rosa bemalten Bäckchen aus Porzellan.

»Was für eine herrliche Puppe!«, rief meine Schwester Margarete. Sie riss mir die Puppe aus den Händen, warf sie aus purer Freude in die Luft und verfehlte sie beim Auffangen. Meine Puppe fiel scheppernd auf den Fußboden.

Ein Bein brach zur Hälfte ab und der Oberarm zerbarst in Stücke. Obwohl ich längst dem Spielalter entwachsen war, schrie und heulte ich laut.

Vater wusste Rat und fertigte aus einer Konservendose einen neuen Oberarm an. Den Beinstumpf steckte er in eine Hülse und befestigte alles am Puppenkörper. Trotz der Reparaturschäden behielt ich meine Wunschpuppe jahrelang in Ehren.

Als Erwachsene kaufte ich eine neue Puppe mit echten Haaren, Schlafaugen, blauem Kleid, rotem Hut, weißen Strümpfen und Lackschuhen.

Mit siebzehn Jahren erhielt ich eine Arbeitsstelle in einem Hutgeschäft. Für ein gültiges Arbeitsbuch stand vorher eine Untersuchung bei der örtlichen Gesundheitspolizei an. Meine Tätigkeit umfasste das Austragen von Hüten, Kassieren von Außenständen, Paketbeförderung zur Post und Bahn, Geldeinzahlungen bei Banken und Post. Ich holte Torf für den Ofen vom Boden, erledigte Gartenarbeit, fegte den Keller, Gänge und den Laden aus. Große Angst hatte ich vor den Botengängen. Oft tastete ich mich in unbeleuchteten Treppenhäusern die Stufen hinauf.

Am schlimmsten waren die Auslieferungen in einem schlossähnlichen Anwesen in der Nähe unserer Siedlung. Wenn ich vorsichtig an der massiven Haustür klingelte, öffnete ein Hausmädchen ohne Gruß und nickte mit dem Kopf in Richtung Treppenhaus. »Nach oben!«, mehr sagte sie nicht.

Eilig lief ich die breiten Stufen hinauf. Es herrschte stets graues Dämmerlicht. Überlebensgroße Marmorfiguren, die in den Nischen standen, schauten mich gespenstisch an.

Oben erwartete mich die Gutsherrin. Stumm nahm sie mir die Hutschachtel ab, drückte mir das genau abgezählte Geld in die Hände und entließ mich wortlos mit einem strengen Blick. Erleichtert rannte ich die Stufen hinunter, an dem Hausmädchen vorbei und atmete erst im Freien auf.

Der Wochenverdienst im Hutgeschäft betrug vier Reichsmark. Fast ein Jahr arbeitete ich dort, um die Raten für ein eigenes Fahrrad abzubezahlen.

Die Tätigkeit begann früh am Morgen und endete, je nach Bedarf, in den Abendstunden. Die Besitzerin erlaubte lediglich eine kurze Mittagspause. Müde kam ich nach Hause und erledigte noch anfallende Hausarbeiten. Mitunter ging ich erst spät in der Nacht zu Bett.

Trotz der Armut lachten wir viel in unserem Haus. Wir

sangen Volkslieder und Kirchenlieder in Deutsch und in Russisch oder sagten Gedichte auf.

Seit dem Beitritt in die Baptistengemeinde legten meine Eltern den Glauben an Gott nicht mehr ganz so streng aus. Sie beteten weiterhin täglich mit uns, aber wir genossen einige Freiheiten.

Früher war es für mich undenkbar gewesen, meine Eltern unbekleidet zu sehen. Nun besuchten sie mit uns, natürlich züchtig bekleidet, das sommerliche Stadtbad.

Es gab getrennte Abteilungen für Männer und Frauen. Mutter wollte mit meinem kleinen Bruder Samuel in Richtung Damenabteilung gehen. Doch Samuel stampfte mit dem Fuß auf, quengelte und zog an Mutters Hand.

»Ich bin elf Jahre alt und schon groß. Ich gehe mit Vater in die Herrenumkleide!«, wehrte er sich.

Belustigt sahen einige umstehende Badegäste zu uns herüber. Peinlich! Mutter gab nach und Samuel lief in die Herrenumkleide.

Fröhlich kletterten wir in unseren blauen Badeanzügen ins Wasserbecken, schwammen einige Runden und stiegen wieder heraus. Leider erlebten wir noch eine Blamage an diesem Tag. Samuel bemerkte es zuerst und rief: »Blau, wir sind ganz blau!«

Wir schauten an uns herunter. Tatsächlich, zarte bläuliche Flecken verzierten unsere Arme, Beine und den Hals.

Mutter hatte uns aus Vaters alten Trikotunterhemden Badeanzüge genäht und sie blau eingefärbt. Leider färbte das leuchtende Blau im Wasser ab.

Eines Tages erreichte uns die erste Nachricht aus der alten Heimat. Ein ehemaliger Nachbar aus Münsterberg überbrachte uns einen vergilbten, zerknitterten Umschlag, der unseren Namen trug. Er war mit zittriger Hand geschrieben. Der Brief lag monatelang im Gepäck des Überbringers. Gott sei Dank kannte er unseren Aufenthaltsort in Wetzlar.

Mutter las uns die Zeilen vor: »Liebe Kinder und Enkelkinder. Noch geht es uns gut. Der Hof steht. Macht euch keine Sorgen. Wir werden von Fjodor und Sweta versorgt. Der Glaube an Gott wird uns helfen. Er wird uns behüten. Gottes Segen für euch in der neuen Heimat ...« Der restliche Text war nicht mehr lesbar. Die Buchstaben wirkten unregelmäßig und kraftlos. Ich sah, dass Mutters Hände zitterten.

Unser ehemaliger Nachbar teilte uns eine traurige Nachricht mit. Er hatte inzwischen erfahren, dass die Großeltern, nach Sibirien verbannt, die harte Lagerzeit nicht überlebt hatten. Sie waren dort an schweren Krankheiten gestorben.

Mutter schlug die Hände vor das Gesicht und schrie: »Oh nein! Nein, das darf nicht wahr sein.« Der Brief fiel ihr aus der Hand und flatterte zu Boden.

Vater hob ihn auf und las die Zeilen erneut vor. Wir saßen wie erstarrt und bekamen kein Wort über die Lippen.

Die Nachricht traf uns alle tief. Keiner hielt die Tränen zurück. Wo war unser Gott, als die Großeltern verschleppt wurden? Warum hatte er das zugelassen? Immer wieder sah ich die beiden vor unserem Haus an der Molotschna stehen. Zum Abschied winkend und zuversichtlich. Wenn ich gewusst hätte, dass ich sie nie wiedersehen würde, hätte ich nie an Großmutters ungebrochenem Glauben und ihren strengen Grundsätzen gezweifelt.

»Verlass dich auf den Herrn von ganzem Herzen und verlass dich nicht auf deinen Verstand; sondern gedenke an ihn auf allen deinen Wegen, so wird er dich recht führen. Dünke dich nicht, weise zu sein, sondern fürchte den Herrn und weiche vom Bösen. Das wird deinem Leibe gesund sein und deine Gebeine erquicken.«

In jedes Gebet schloss ich die Großeltern ein. Nie im Leben werde ich sie vergessen.

Der Niedergang der Mennonitengemeinde in der Ukraine schritt rasch voran. Stalin sah halbwegs wohlhabende Großbauern (Kulaken) als innere Feinde an. Geheimpolizei und Beschaffungsbrigaden bereisten das Land, um Ernten sicherzustellen und die Bauern in staatliche Kolchosen zu zwingen. Die Landbesitzer begehrten auf. Stalin scheute vor Gewalt nicht zurück und sagte den »konterrevolutionären Kulaken« den Krieg an. Er ließ viele liquidieren, hinrichten, in Arbeitslager schicken oder auf schlechtere Böden verbannen. Die Bauern gaben auf und ließen sich verstaatlichen.

Durch Kontakte mit Verwandten erfuhren wir, dass in Südrussland verbliebene Mennoniten wegen Verdachts auf Sabotage oder Spionage von der Roten Armee gefasst und bis hinter den Ural verschleppt wurden. Dort hatten sie Zwangsarbeit zu leisten. Die Regierung beschlagnahmte oder versteigerte Besitz und verbot eine religiös-sittliche Erziehung in Haus, Schule und Kirche. Einige mennonitische Familien hatten es geschafft, nach Nord- und Südamerika auszuwandern.

Diese Nachrichten stimmten uns traurig. Ich dankte Gott, dass er uns beschützt und rechtzeitig den Weg nach Deutschland gezeigt hatte.

Nach einem sonntäglichen Kirchgang spazierten wir durch den Stadtpark nach Hause. Wir bewunderten die schönen Parkanlagen und schlenderten zum nahen Ententeich. Oben auf der stählernen Brücke, die über den Parkteich führte, sah ich einen jungen Mann am Geländer stehen, der schwungvoll Steinchen ins Wasser warf. Sie hüpften über die Wasserfläche, zogen Kreise und versanken.

Ich erkannte ihn sofort.

»Juri! Da steht Juri Bruks!«, rief ich.

Nun sahen ihn auch meine Eltern. Vor Freude rannte ich los.

»Juri!«, rief ich zu ihm hoch.

Er winkte mir zu und schaute mir freudestrahlend entgegen. Außer Atem fiel ich in seine Arme. Eigentlich gebot es der Anstand nicht, einen Mann so zu begrüßen.

Nun sah ich auch seine Eltern etwas entfernt von uns stehen. Unsere Familien gingen überglücklich aufeinander zu, schüttelten die Hände, klopften sich gegenseitig auf die Schultern und es flossen Tränen.

»Du hast dich verändert, Juri!«, stellte ich fest.

»Du dich auch. Bist ein großes Mädchen geworden!«

Seine Stimme klang wohltuend für mich, wie früher aus glücklicheren Tagen. Ich konnte den Blick nicht von ihm lassen. Die schrecklichen Kriegs- und Revolutionserfahrungen sah man ihm an. Den Jungen aus Münsterberg gab es nicht mehr.

Juri war mittlerweile einen Kopf größer als ich. Das kurze schwarze Haar umrahmte sein schmales Gesicht, aus dem er mich keck anschaute. Mit hochgezogenen Schultern, die Hände lässig in den Hosentaschen, wartete er auf eine Reaktion. Was für eine Freude, nach so vielen Jahren. Ich konnte nichts mehr sagen und senkte den Kopf.

Die Familie Bruks hatte ebenfalls die Lagerzeit in Vetluga erlebt. Danach waren sie nicht nach Münsterberg zurückgekehrt, sondern schon 1920 nach Deutschland ausgereist.

Es gab viele Fragen zu beantworten: »Wie geht es euch?« »Wie ist es euch ergangen?« »Wann seid ihr ausgereist?« »Wo wohnt ihr jetzt?«

Juris Vater lud uns in seine Kirchengemeinde ein. »Nach dem Gottesdienst setzen wir uns zusammen und sprechen!«, beschloss er.

Wir gaben uns höflich die Hände und jede Familie ging in eine andere Richtung. Ich drehte mich um und sah den Bruks hinterher. Juri schaute ebenfalls zurück und winkte mir zu. Ich winkte zurück.

Zwei Wochen später gingen unsere Familien gemeinsam in den Gottesdienst und anschließend zu einem Mittagsmahl in das Wohnhaus der Familie Bruks. Juris Vater hatte in Wetzlar keine Anstellung als Schmied bekommen. Stattdessen hatte er ein Fahrradgeschäft erworben und nebenan das Familienhaus gebaut.

Nach der jahrelangen Trennung saßen Juri und ich, ganz selbstverständlich, Hand in Hand beieinander. Wir wanderten in die Kindheit zurück und setzten Bruchstücke unserer Lebensschicksale zusammen. Ein Leben in einer neuen Heimat mit der Erinnerung an vergangene Tage.

Juri arbeitete nicht im väterlichen Betrieb, sondern lernte in einem Zeitungsverlag den Beruf als Redakteur.

Wir sahen uns von nun an häufiger. Eines Tages schenkte er mir Eintrittskarten für das Theater. Ich erinnere mich an die erste Vorstellung, die ich mit ihm besuchte. Auf dem

Programm stand das Drama »Prinz Friedrich von Homburg« von Kleist. Die Vorstellung überwältigte mich.

Noch heute sehe ich die Dekoration und die Kostüme vor mir. Meine Vorliebe für Theatervorstellungen ist mir über Jahrzehnte erhalten geblieben.

Gemeinsam verbrachten wir viele schöne Theaterstunden bei Schauspiel, Oper, Operette. Es dauerte nicht lange und Juri machte mir einen Heiratsantrag. Jetzt kam für mich die Zeit, das Elternhaus zu verlassen.

Im Sommer 1930, mit einundzwanzig Jahren, heiratete ich meinen Jugendfreund Juri Bruks in der Wetzlaer Kirche. Ein evangelischer Pfarrer traute uns und meine Schwestern streuten Blumen. Die freundschaftliche Verbindung mit der Familie Bruks wurde durch unsere Heirat gefestigt.

Es war nicht die einzige Trauung, die unsere Familie in der neuen Heimat feiern konnte. Johannes heiratete eine Mennonitin aus unserer Gemeinde und zog mit ihr in die Innenstadt. Er übernahm dort eine kleine Tischlerei. Bald begrüßten wir mit Freude das erste Enkelkind.

Katharina arbeitete im Stadtkrankenhaus und heiratete einen jungen Mann aus Wetzlar. Margarete ging als Köchin auf einem Gutshof in Stellung.

Unser Bruder Samuel bekam eine Lehrstelle in Juris Verlag und wohnte noch einige Jahre im Elternhaus. Später bezog er eine kleine Wohnung über dem Verlagshaus.

Juri und ich teilten viele Gemeinsamkeiten. Wir gingen ins Theater, zu Dichterlesungen oder unternahmen Bootsausflüge mit Freunden. All das beeinflusste meine geistige Entwicklung. Schon als Kinder führten die Eltern uns an

Bücher heran. Auch jetzt begleiteten uns ständig Bücher und verschiedene Zeitungen. Bei jeder Gelegenheit fuhren Juri und ich mit den Rädern aufs Land und genossen die Zeit miteinander.

Mein Schwiegervater war ein Unikum und ein Fuchs. Er sprach fließend Russisch. Kamen wir zu Besuch, begrüßte er uns mit »Sdrastwujte, Towarischtsch« (»Guten Tag, Genosse«). Die anschließenden Gespräche führte er in Russisch. Schließlich zog er eine abgegriffene Bibel aus der Tasche und las deutsche Texte. Die Frömmigkeit hielt ihn jedoch nicht davon ab, überall und mit jedem Geschäfte abzuschließen.

Viele Jahre bildete der Gottesdienstbesuch in der baptistischen Gemeinde einen festen Bestandteil unseres sonntäglichen Tagesablaufs. Die Andachten gehören mit zu meinen schönsten Erinnerungen. Das kirchliche Miteinander prägte meinen Charakter.

Vaters lange, schwere Arbeitsjahre und die stetige Sorge um die Familie waren nicht spurlos an ihm vorübergegangen. Immer öfter zerrten Krankheuten an seinem Leben. Er hing sehr an der Familie, für die er aber wenig Zeit hatte.

Er erkrankte an Krebs und nach einer kurzen Leidenszeit starb er viel zu früh. Befreundete Mennoniten richteten eine Gedenkfeier in der baptistischen Kirche aus. Lieder, Gebete und ein Segen für die anwesende Trauerversammlung begleiteten den Gottesdienst. Mittelpunkt der Trauerfeier waren Vaters Lebensrückblick und die Verkündigung.

Mit den Worten des Dichters Matthias Claudius möchte ich sagen: »Sanfter Friede Gottes! Ach, sie haben einen guten Mann begraben und mir war er mehr.«

Vaters Alltag war angefüllt mit Pflichten und Arbeit.

Trotzdem hatte er vom ersten Tag an in der Fremde Heimweh. Wir Geschwister fragten uns, ob wir genug für ihn getan hatten. Gaben wir ihm das wieder, was er uns gegeben hatte?

Sein Tod war ein schmerzhafter Einschnitt in meinem Leben. Ich trauerte zutiefst um ihn.

Durch Fleiß und Schaffenskraft brachten Juri und ich es zu einem angenehmen Lebensstil. Mit Hilfe der Schwiegereltern bauten wir ein wunderhübsches Haus mit einer modernen Einrichtung. Hinter dem Haus lag ein üppiger Garten mit Spielgelegenheiten für unsere drei Kinder. Das hieß für uns Glück und Wohlstand. Aus dem Schatten der Flucht und dem bescheidenen Elternhaus herausgetreten, standen wir nun im Sonnenlicht.

Ich arbeitete bis in die Jahre des Zweiten Weltkrieges hinein als Schreibkraft und trug nebenbei mit Näharbeiten zum Lebensunterhalt bei.

Als Johannes mit seiner Familie unser Elternhaus übernahm, zog Mutter zu uns ins Haus. Sie erhielt eine kleine Invalidenrente.

Für Außenstehende wirkte unser Zusammenleben beengt, aber das stimmte nicht. Mit einem guten Zusammengehörigkeitsgefühl teilten wir Freude und Sorgen. Mutter besuchte regelmäßig andere russlanddeutsche Familien, und diese kamen zum Gegenbesuch zu uns. Die Gespräche gingen zurück in die Vergangenheit. Sie tauschten Münsterberger Erlebnisse, Lagergeschichten, traurige und komische Ereignisse, Koch- und Backrezepte sowie Familiengeschichten aus. Mutter fühlte sich nie einsam, half bei der Gartenarbeit, hütete die Enkelkinder, las in der Bibel oder im christlichen Kalender. Ihre Worte: »Auch ein kleines Leben kann groß sein. Wir sind zwar nicht wohlhabend, aber es ist schön, dass wir uns haben.«

Trotzdem hatte sie ihr Leben lang Schwierigkeiten, sich in Deutschland einzugewöhnen. Sie war der Meinung, ohne ihre Mutter und die russische Magd passe sie nicht richtig ins Land. Die deutsche Sprache beherrschte sie nie perfekt. Sie sagte: »Meine fünf Kinder sprechen ordentlich Hochdeutsch. Ich bin mit Kühen groß geworden und habe nichts anderes gelernt.« Mit den Frauen aus der Gemeinde sprach sie Russisch oder Plautdietsch.

Bis zu ihrem Tod schleppte sie ein Stück Heimatlosigkeit mit sich. Heimatvertriebene, ein hartes Wort. Viele Jahre gilt man als Flüchtling. Wer das nicht erlebt hat, kann es schwer nachvollziehen.

Ich nähere mich dem Ende meiner Gedanken. Gibt es noch etwas zu berichten? Möglicherweise zu einem anderen Zeitpunkt. Mein Glück, das ich in mir trage, hat etwas mit meiner zufriedenen Kindheit zu tun. Der Zusammenhalt in der Familie, in der Gemeinde gab mir Kraft in dunkleren Jahren, als es Zeit wurde, aufzubrechen, um Unruhen und Kriegen zu entgehen und in Deutschland das Glück zu suchen. Die Familie brauchte viel Kraft und Aufmerksamkeit, um im neuen Land wirtschaftlich Fuß zu fassen. Vermutlich wurde ich durch die tragischen Erlebnisse vorzeitig erwachsen.

Unsere damaligen Kolonien sind alle untergegangen. Die freud- und leidvolle Entstehung meines Geburtsortes Münsterberg, seine Entwicklung und sein Ende sind längst Geschichte.

Ich kann die Erinnerung auf Dauer nicht ausradieren. Sie taucht wieder auf, wenn ich Plautdietsch höre oder eine Landschaft wiedererkenne. Trotzdem weiß ich: Alles ist gut. Ich fühle mich wohl und bin schnell in der neuen Heimat angekommen.

Kurz nach unserer Goldenen Hochzeit verstarb mein Mann Juri an einer schweren Krankheit. Meine Familie unterstützte mich und half mir in der Trauerzeit. Der Glaube an Gott gibt mir Sicherheit.

Wenn ich einen letzten Wunsch freihätte, so würde ich mir wünschen, dass es mir vergönnt sei, mein Leben in Würde zu beschließen.

Es sind Gefühle der Sehnsucht, die mich tragen, nah und vertraut. Töne dringen zu mir und wiegen mich in einen leichten Schlaf.

Geschichtlicher Hintergrund

Georg von Trappe trat 1786 in Danzig auf. Im Auftrag der russischen Zarin Katharina II. lud er die Mennoniten ein, sich in Südrussland anzusiedeln.

Die Mennoniten haben ihren Ursprung in den Niederlanden. Danzig galt zu damaliger Zeit als Zufluchtsort für die Gläubigen (Täufer), die die Erwachsenentaufe nach dem 14. Lebensjahr befürworteten. Bedingt durch Kontakte mit Landsleuten, die in Danzig lebten, verbreitete sich die Information über das Siedlungsprogramm in Nord- und Südrussland.

Es gelang Georg von Trappe, Mennoniten für eine Ansiedlung in Russland zu gewinnen. Eine Delegation reiste in das vorgesehene Siedlungsgebiet, um konkrete Siedlungsbedingungen auszuhandeln. Nach Abschluss der Verhandlungen mit dem Beauftragten der Zarin, Fürst Potemkin, wurden im September 1787 folgende Punkte durch Katharina II. bestätigt:

Der Vertrag garantierte den Mennoniten Religionsfreiheit, außerdem sollte jede Kolonistenfamilie 65 Desjatinen Land erhalten. Die russische Regierung stellte Holz für den Hausbau sowie Baumaterial für die Errichtung von Mühlen zur Verfügung. Für den Kauf von landwirtschaftlichen

Geräten und Saatgut erhielt jede Familie ein Darlehn von 500 Rubel, das nach zehn Jahren in drei Raten zurückzuzahlen war.

Für die Zeit der ersten Ernte wurde eine Unterstützung von 10 Kopeken pro Tag und Person zugesagt. Im Anschluss daran zahlten die Siedler pro Desjatine und Jahr 15 Kopeken.

Weiterhin galt die Befreiung von den Militärdiensten, Fuhrdiensten, öffentlichen Arbeiten und Einquartierungen. Die Mennoniten waren verpflichtet, Straßen, Brücken und Wege in ihrem Siedlungsgebiet zu pflegen und zu reparieren. Für die Reise in das Siedlungsgebiet erhielt jeder Erwachsene pro Tag 25 und jede Person unter 15 Jahren 12 Kopeken.

Einladungsbrief von Kaiserin Katharina II., in Danzig übergeben Georg von Trappe:

»Denen wertgeschätzten und wohlachtbaren Mitgliedern der beiden Mennoniten-Gemeinden in Danzig, vornehmlich allen, denen daran gelegen sein kann und welche die Vollmacht unterzeichnet haben für die nach Rußland gesandt gewesenen Abgeordneten, nachdem diese, laut ihrer Instruotion sehr fruchtbare Ländereien am Dnjeprstrom ausgewählet haben, gesund und glücklich zurückgekommen sind, und am 13. May d. J. neuen Styls die hohe Gnade genossen haben, durch S. Durchlaucht den Herrn Reichsfürsten von Potemkin-Tavrischeskoi in der Stadt Krementschug ihrer Kaiserlichen Majestät in Gegenwart des Cabinets-Ministers, Herrn Reichsgrafen v. Bresborodko Erlaucht, des Römisch-Kaiserl. Ambassadeurs, derer Gesandten von England und Frankreich, und noch vieler anderer hohen Standspersonen, vorgestellt zu werden, und aus der allerhuldreichsten russischen Monarchin eigenem Munde die Versicherung des allerhöchsten Kaiserl. Schutzes und Gnade für sich und alle Mennoniten-Familien von Danzig, die nach Rußland ziehen wollen, auf die allergnädigste und leutseligste Weise zu erhalten. Weil nun auch Ihre Kaiserl. Majestät allen Mennoniten, die von dem Danziger Gebiet Lust und Belieben finden möchten, nach Rußland zu ziehen, außer 65 Dessjetinen, die ungefehr 4 Hufen ausmachen, der schönsten Ländereyen für jede Familie, solche herrliche Gnadenwohltaten, Geldvorschüsse und Vorrechte Allergnädigst zu bewilligen geruhet haben, dergleichen während Allerhöchst Dero 25-jährigen ruhmvollen und ewigdenkwürdigen Regierung noch keinen Ausländern verliehen worden; also werden alle Mennoniten vom Danziger Gebiet, denen es noch gefällig seyn möchte, von dieser grossen Kaiserlichen Huld und Gnade für sich und ihre Familien und Nachkommen Gebrauch zu machen, hierdurch eingeladen, sich am bestehenden 19. Januar des von Gott zu erwartenden 1788sten Jahres vormittags um 9 Uhr allhier in Danzig im Russisch-Kaiserlichen Gesandtschafts-Palais auf Langgarten persönlich einzufinden, damit ihnen die Privilegia und Allerhöchst Kaiserliche Cabínets-Resolution in Originalibus vorgeleget werden, und sie sich nach ihrem Gutdünken, – und so wie es freien Leuten, deren Vorfahren aus Holland hierher gekomken sind, und die nun bei ihrem Abzüge prästando prästiren (ihre Schuld bezahlen) werden, nicht gewehret werden darf, – erklären können. Danzig, den 29. December 1787.«

Abschrift aus: Peter Hildebrand: Erste Auswanderung

der Mennoniten aus dem Danziger Gebiet nach Südrußland. Verlag der Typografie v. Paul Neufeld, Halbstadt 1888.

Im Frühjahr 1787 reiste die Kaiserin auf die Krim. Deputierte (Abgeordnete) sprachen sie ungefähr so an:
»Allergnädigste Monarchin! Beinahe 300 Familien unserer Glaubensgenossen, denen der Ruf von Ew. Kaiserlichen Majestät weisen, milden und wohltätigen Regierung zu Gemüte gekommen, haben uns angeschickt, um zur Ansiedlung geeignete Ländereien vorzugsweise am Dneprfluß auszusuchen und für diejenigen, die herziehen, welche Ew. Majestät in einem gedruckten Manifest allergnädigst den Auslaendern überhaupt zugesichert haben. Höchst glücklich schätzen wir uns, Ew. Majestät huldvolles Antlitz zu sehen, Höchstdero Person uns zu Füßen zu legen, und uns und unsere Glaubensgenossen der größesten Monarchin Schutz und Gnade zu empfehlen.«

Abschrift aus: Peter Hildebrand: Erste Auswanderung der Mennoniten aus dem Danziger Gebiet nach Südrußland. Verlag der Typografie v. Paul Neufeld, Halbstadt 1888.

Am 22.03.1788 wanderten die ersten Mennoniten nach »Neurussland« oder »Südrussland« aus.

1789 entstanden die ersten Ansiedlungen preußischer Mennoniten im Gebiet am Dnjepr. Unter anderem siedelten sich Zimmerleute, Milchträger, Leineweber, Tagelöhner, Knechte und nachgeborene Bauernsöhne an. Die meisten Auswanderer kamen per Schiff in die neue Heimat. Sie bauten Dämme, Entwässerungsgräben und verwandelten das öde Land in bestes Kulturland. Die Mennoniten bildeten geschlossene Siedlungen mit Namen ihrer zurückgelassenen Dörfer und Städte. Sie sprachen überwiegend Plautdietsch und Deutsch.

Eine Bestätigung ihrer Privilegien erhielten die Mennoniten im Jahre 1800 durch einen Gnadenbrief vom russischen Zaren Paul I.

Die Befreiung vom Militärdienst und alle Privilegien wurden mit der Aufhebung des Vertrages durch Zar Alexander III. im Jahre 1871 hinfällig. Die Männer leisteten Ersatzdienst. Zwischen 1874 und 1879 gab es die ersten Auswanderungswellen nach Nord- und Südamerika.

Quellennachweis

* Petr Arschinoff: Geschichte der Machno-Bewegung. Karin Kramer Verlag, Berlin 1974.

* Horst Gerlach: Die Rußlandmennoniten. Ein Volk unterwegs. Kirchenheimbolanden, Selbstverlag 1992.

* Heinrich Goerz: Memrik. Eine mennonitische Kolonie in Rußland. Echo-Verlag, Rosthern, Sask. 1954.

* Christian Hege: Ein Rückblick auf 400 Jahre mennonitische Geschichte. Verlag von Heinrich Schneider, Karlsruhe 1935.

* Peter Hildebrand: Erste Auswanderung der Mennoniten aus dem Danziger Gebiet nach Südrußland. Verlag der Typografie v. Paul Neufeld, Halbstadt 1888.

* Horst Penner: Weltweite Bruderschaft. Ein mennonitisches Geschichtsbuch. Verlag Heinrich Schneider, Karlsruhe 1955.

* Heinrich Sawatzky: Templer mennonitischer Herkunft. Echo-Verlag, Winnipeg 1955.

* Gudrun Schäfer: Die Speisung der Hunderttausend. Knecht Verlag, Landau 1997.

* Heinrich Siemens: Plautdietsch. Grammatik, Geschichte, Perspektiven. Tweeback Verlag, Bonn 2012.

* Mennonitisches Jahrbuch 2003. Mennoniten in der Einen Welt. Arbeitsgemeinschaft Gemeinden in Deutschland (AMG).

* Am Schwarzen Brack. Schriftenreihe des Heimatvereins Godens-Sande e.V.

* Biografie einer Mennonitin. Unveröffentlicht, Privatbesitz.